KB164579

민오, 민아

권오성 지음

차 례

너와 나

"네. 코봇 서민오입니다. 아… 네. 지금 제가 다른 업체로 이동하는 중이라… 그곳 에서도 처리해야 하는 일이 있으니까요. 처리되는 대로 전화 드리고 바로 갈 수 있도록 하겠습니다. 아… 알죠… 그러니 최대한 빨리 처리하고 가도록 하겠습니다. 조금만 기다려 주세요! 네. 고맙습니다."

"서 대리, 왜? 어디인데?"

"영진실업이요. 또 조립 1번 라인이 섰답니다."

"에휴, 왜 이러냐. 설비들이 다들 더위를 먹었나… 왜들 자꾸 이러냐고… 우리도 좀 살자… 아, 이 짓도 못 해먹겠다."

“선배, 못 해먹겠다니? 내가 지금 누구 꼬임에 넘어가서 이러고 있는데, 그건 무슨 무책임한 말입니까?!”

“아니... 그냥 하는 말이지... 아직 2시니까 정우식품 갔다 가 영진실업에서 마무리하면 얼추 퇴근시간은 맞출 수 있겠네. 힘내자고. 헤헤.”

자동화 제조설비를 제작하는 벤처기업인 코봇에 입사한지 이제 3년 차. 코봇은 같은 과 출신 선배가 창업한 회사로 업력은 짧지만, 업계에서 나름 탄탄한 입지를 다지고 있는 중견기업이다.

옆에서 운전 중인 김주현 과장은 나의 학교 2년 선배로 먼저 코봇에 입사했고, 대학원에 진학하겠다는 나를 꾀어 코봇에 입사시킨 장본인이다. 나를 좋게 보신 교수님의 설득으로 대학원에 진학하기로 되어있었지만, 처음부터 대학원에 진학하려 했던 건 아니었다. 대기업이나 공공기관에 취업해 보려고 노력했지만 여의치 않아 교수님의 권유를 받아들였던 것이었다. 때문에 김 선배가 입사를 권했을 때 나는 못 이기는 척 제안을 받아들였다.

교수님은 대학원 진학을 포기하겠다는 내 의사를 들으시고 실망한 기색이 역력했으나, 본인이 가르친 제자가 창업한 회사에 입사하겠다는 나를 적극적으로 말리지는 못하셨다. 교수님께 죄송하긴 했지만, 어쩔 수 없는 일이라 생각하기로 했다. 언제나 그렇듯 세상 일이라는 게 어떤 식으로 든 합리화하고 나면 마음은 편한 법이다.

“과장님, 영진실업 1번 라인 말이에요. 라인 깐지 1년밖에 안됐는데, 이렇게 자주 서는 거... 기계적인 문제가 아니라 프로그램 문제 아닙니까? 개발팀에 얘기해야 할 거 같아요. 우리가 가봐야 또 먼지 불어내고, 닦고 조이는 거 밖에 더 있냐고요.”

“그러게 말이다. 개발팀 애들이 어설프게 만들어 놓은 거 우리가 수습하고 다니는 거지 뭐... 우리 개발팀 애들 아직 멀었어...”

“아... 또 남 얘기하듯 하신다. 개발팀 정 부장님이랑 그렇게 자주 술 드시면서 그런 얘기는 안 해요?! 이상해 정말. 매번 나만 고생시키지.”

"야, 그러지 말고 네가 프로그래밍 좀 배워. 넌 똑똑한 애가 좀처럼 배우려고 하질 않냐?"

"뭔 소리예요?! 개발팀 가고 싶다는 나를 억지로 설비팀에 데려다 놓은 게 누군데요? 누구 때문에 내가 이 고생인데...!"

"알았다. 그만하자. 다 내 잘못이다. 못난 선배 때문에 네가 고생이 많다!"

"아시면 다행이고요. 아무튼 오늘도 파이팅 입니다!"

"그래. 힘내 보자!"

정우식품은 우유와 아이스크림을 만드는 중견기업으로 대기업 브랜드 제품을 주문 생산하는 회사다. 정문에 도착하자, 언제나 그렇듯 경비원께서 차량을 방문객 주차장으로 안내했다. 최근에 자동화 포장라인 작업 때문에 자주 방문했지만, 경비원께서는 우리가 올 때마다 마치 처음 보는 사람처럼 대하는데, 기억력이 정말 나쁘거나 아니면 일부러 모른 척 대하는 게 아닐까 싶을 정도다.

한창 자주 방문할 때는 경비원 분을 만나는 게 반가워서 살갑게 인사를 건네기도 했지만, 알지도 못하는 사람이 왜 저러냐는 듯이 빤히 쳐다보는 바람에 당황한 적도 있었고, 차량에 회사 이름이 버젓이 붙어 있음에도 불구하고 회사 이름과 방문 목적을 태연하게 묻는 모습을 보면서 적잖이 당황한 적도 있었다. 이제 그런 태도에 적응을 해서 나도 마치 처음 보는 사람을 대하듯 사무적으로 안내에 응하고 있는데, 어쩌면 그것이 경비원 분의 프로페셔널한 면이 아닌가라는 생각이 들기도 한다.

회사 정문에서 간단한 인터뷰와 발열 체크를 마치고 방문증을 목에 건 채 사무실로 향했다. 그곳에서 생산팀 관계자를 만나 커피를 마시며 간단한 인사를 하고 생산동으로 향했다.

생산동 입구에서 위생 복장을 갖춰 입고 손을 씻은 후 작업장 안쪽으로 들어서자, 고소한 우유 향과 달콤한 과일 시럽 향이 코를 간지럽힌다. 어릴 때 즐겨 마시던 과일 우유의 맛이 떠올라 절로 미소가 지어지는 찰나에 아니나 다를까 김 과장이 한마디 거든다.

"아... 배고파..."

"아니, 점심으로 갈비탕 한 뚝배기에 공깃밥도 추가로 드신 분이 할 소리는 아닌 것 같네요..."

"말이 그렇다는 거지... 아, 어릴 때 아버지랑 목욕탕 가서 과일 우유 먹던 기억이 난다."

"아니, 선배도 그 세대예요? 대중목욕탕 다니던?"

"응? 넌 아니야?"

"왜 이래요? 나는 대중목욕탕에 가본 적도 없다고요."

김 과장과 쓸데없는 잡담을 하는 사이 우리를 인솔하던 생산팀 관계자는 어느덧 자동화 포장라인 앞에 우리를 데려다 놓았다.

종이팩에 포장된 우유를 포장박스에 담는 라인에는 집게가 달린 로봇 팔이 설치돼 있다. 쉴 새 없이 쏟아지는 우유팩을 집게로 들어 포장박스에 담는 작업은 이제 안정화되었다. 대신에 아이스크림을 포장박스에 담는 작업은 아직도 계속해서 트러블이 발생하고 있다. 직육면체 모양의 우유팩과 달리 아이스크림은 반듯하지 못해 집게로 한 번에 들어 올리기가 힘들기 때문에 아이스크림 라인에는 우유 라인에 설치된 집게 대신 진공흡입기가 달린 로봇 팔이 설치돼 있다. 쏟아지는 바 모양의 아이스크림을 한 번에 8개씩 들어 올려 박스에 담는다. 이 작업을 5번 반복하면 한 박스가 완성된다.

그런데 중간에 아이스크림 바가 하나씩 자꾸만 바닥으로 떨어진다. 매번 그런 것은 아니고, 작업이 잘 이뤄지다가 어쩌다 한 번씩 반복되는 식이다. 자동화 설비에서 우연이란 없다. 불규칙해 보이는 현장에도 분명히 패턴이 존재하고, 그 패턴에는 반드시 이유가 있다.

"이거 어찌 된 건지 도통 모르겠네. 나열된 8개의 흡입구에 불량이 발생하는 규칙성이 전혀 없어. 금방은 왼쪽에서 2번째, 그전에는 오른쪽에서 3번째였어."

설비를 뚫어지게 노려보던 김 과장의 말에 업체 생산팀 관계자는 불안한 눈빛이 역력하다.

"이거 오늘 중에 해결할 수 있는 겁니까? 계속 불량

이 생기니까 원가 손실이 발생하는 것은 물론이고, 박스에 완제품 수량이 부족할 수 있으니까, 작업자가 계속 지켜보고 있어야 한다고요."

자동화 라인을 설치하면 불량 뿐 아니라 작업자 수를 줄일 수 있다. 자동화 라인을 도입하는 대부분의 업체들의 생각이다. 하지만 자동화 라인의 장점은 단순히 불량을 줄이고 작업자 수를 줄여서 원가를 아끼는 수준에 그치지 않는다. 자동화 라인을 통해 공정을 고도화하고 불량의 원인을 파악하고 공정을 개선하는 활동을 손쉽게 함으로써 공정 안정을 가져온다. 그렇게 하려면 단순 포장 작업자를 대신해서 공정을 분석하고 효율을 증대할 수 있도록 자동화 라인을 위한 전문 인력이 필요하다. 따라서 자동화 라인을 잘 이해하는 생산 담당자를 채용하거나 그렇지 않으면 자체적으로 키워내야만 한다. 그러나 대부분의 업체는 전문 인력을 두기보다는 공정에 문제가 생기면 설비를 납품한 업체에 A/S를 맡긴다. 결국 자동화 라인은 고도화되지 못하고 전문 인력도 키우지 못한다. 그렇게 자동화 라인을 도입한 효과를 불량을 줄이고 인건비를 줄이는데 만족하게 되는 것이고, 자동화 라인에 투입한 비용을 뽑아내는 데 몇 년이 걸리는지를 줄어든 불량률과 작업자의 수로 판단한다. 안타까운 일이다.

공정을 뚫어지게 쳐다보고 있는 김 과장과 달리 나는 아이스크림 바가 바닥에 떨어질 때마다 그것을 주워 관찰했다.

"자동화 라인을 설치했더니, 불량이 더 많고 작업자도 더 투입되니 원... 에휴..."

답답한 생산팀 관계자의 푸념이 뒤에서 들려올 때쯤 기다렸다는 듯 내가 말했다.

"이건 로봇의 문제가 아니에요. 반듯하지 못한 바의 모양이 문제입니다."

"네에?"

"아이스크림 설비 냉각 능력을 봐요. 온도가 높아지고 있잖아요. 아이스크림이 단단하게 얼지 못하니까 바의 모양이 반듯하지 못한 겁니다. 그래서 진공흡입이 제대로 되지 않는 거예요."

포장라인으로 넘어오기 전단계인 아이스크림 생산 설비의 냉각 능력을 지적하자 당황한 생산팀 관계자는 급하게 공정 담당자를 불러 냉각기 온도를 확인하고 바의 모양을 체크한다. 그 모습을 바라보며 김주현 과장이 웃음을 짓는 걸 보니, 내가 원인을 잘 찾은 것 같다.

그때 민아에게서 전화가 왔다.

"어, 민아야. 왜?"

"오빠, 오늘 집에 일찍 들어와. 엄마 오셨대."

"갑자기? 웬일로?"

"웬일은 오빠 보러 온 거겠지. 이번에도 반찬 한가득 싣고 왔지 않겠어?"

"지난번 가져오신 반찬도 그대로 일 텐데... 어쨌든 알겠어. 마치는 대로 바로 들어갈게. 일찍 들어갈 수 있을 것 같다. 끊어."

내가 잠깐 통화하는 사이 김 과장이 일을 잘 마무리한 것 같다. 업체 사람들과 얘기를 하다 말고 나를 보고 웃으면서 엄지손가락을 치켜 올린다.

그 모습을 보면서 나는 '아무튼 호흡 하나는 참 잘 맞아. 이래서 내가 딴 데 가고 싶어도 못 가지.'라고 혼잣말했다.

정우식품에서 나와 영진실업에 도착한 우리는 기술적 문제들을 해결해 공정을 정상화한 뒤, 시스템 상 개선해야 할 몇 가지 사항을 개발팀에 전달하겠다고 약속하고 밖으로 나왔다. 바삐 일하는 동안 어느덧 해는 저물어 있었다.

"그럼, 이제 그만 퇴근하자. 개발팀에 전달하는 건 내가 아침에 출근해서 할 테니까, 넌 빨리 퇴근해."

"네, 알겠습니다. 고생하셨어요. 그럼 저는 이 앞 정류장에서 버스 타고 갈게요."

"그래, 너야말로 고생 많았다. 얼른 들어가."

"네, 운전 조심하시고요. 낼 봬요."

"어, 낼 보자."

김 과장이 탄 차량이 멀어지는 것을 보고, 버스정류장으로 발걸음을 옮겼다.

버스에 올라타 의자에 앉아 창밖으로 도시의 풍경을 바라본다. 공기는 탁하지만, 바람을 조금 쐬어보고 싶어 창문을 살짝 열었다. 초여름의 무더운 날씨였지만, 창문 틈으로 들어오는 바람은 아직 시원했다. 불어 들어온 바람이 머리카락을 헝클어트린다. 한동안 헝클어진 머리를 바로잡지 않고 그대로 바람을 맞았다. 멍하니 창밖을 바라보고 있으니 어김없이 그녀의 모습이 떠올랐다. 그녀의 밝은 웃음과 긴 머리카락이, 품에 안았을 때의 향기가 생생해 마치 함께 있는 것 같은 기분이다. 조용히 눈을 감고 그녀의 그리운 감촉을 떠올렸다.

'오늘 너를 볼 수 있다면, 참 좋겠다.'

버스는 막히는 구간을 갓 벗어나, 우렁찬 엔진음을 내면서 달려나간다. 바람이 거세져 창문을 닫았다. 20분쯤 달려가면 집 앞 정류장에 도착할 것이다. 20분은 그녀와의 추억을 떠올리기에 충분한 시간이다.

그녀와 함께 손을 잡고 밤 길을 걷던 날을 떠올렸다. 추운 날씨에 차갑던 그녀의 손을 꼭 쥐었다. 부드러웠던 손이 조금씩 따뜻해지는 게 느껴졌다. 그만큼 내 손이 시려 왔기 때문에. 추워하는 그녀의 어깨를 감싸 안고 그녀의 집 앞에서 품에 안았던 그날을 어떻게 잊을 수가 있을까... 그 기억들은 내 하루의 원동력이다.

어느덧 버스는 집 앞 정류장에 도착했고, 가방을 챙겨 서둘러 버스에서 내렸다. 어깨 위에 가방을 올려 메고 발걸음을 옮기려 고개를 들었을 때 그녀의 모습이 보였다. 프린트 티셔츠에 면 소재의 얇은 검은색 재킷과, 무릎 위까지 내려오는 주름진 올리브색 스커트를 입고 있었다. 긴 생머리에 뽀얀 피부의 그녀는 아직도 대학생 같은 앳된 모습이다.

"연주야...!"

"어, 오빠. 지금 오는 길이야? 나도 방금 버스에서 내렸어."

"아... 너 혹시 우리 집에 가는 길이야?"

"응, 민아가 밥 먹고 가라고 해서."

"또 혼자 있다고 저녁 제대로 안 챙겨 먹었구나? 그

러다 민아한테 걸린 거구?"

"어쩜 그렇게 잘 알아. 오빠나 민아나 어쩜 그렇게 오빠 어머니를 닮았을까?"

어이없다는 표정의 연주는 이내 밝은 미소를 지으며 말했다.

"그나저나 오늘 괜찮겠어? 어머니 저녁식사면 틀림없이 과식할 텐데."

"괜찮아. 어머니 음식 정말 맛있잖아. 어머니 음식은 아무리 많이 먹어도 살 안 쪄. 가자 오빠."

"그래, 가자."

언제부터 였을까? 그녀가 마음에 들어온 게. 그녀가 나를 좋아하고 있다는 건 오래전부터 알고 있었지만, 그런 연주를 동생의 친구로 애써 외면했던 시간들이 있었다. 나는 그녀를 선뜻 받아들일 수 없었고, 그녀도 나를 좋아한다고 고백한 적은 없었다. 하지만 나는 알고 있다. 내가 그녀를 사랑하는 만큼 그녀도 나를 사랑하고 있다는 것을.

"요즘 작업은 어때?"

"글 쓰는 것 말이야? 아님 그림?"

"이제 그림도 너의 작업 영역에 들어가는 거구나?"

약간의 장난기와 웃음이 섞인 내 말에, 연주는 반짝 반짝 빛나는 눈빛과 설레는 표정으로 대답한다.

"물론이지. 요즘은 글 쓰는 것보다 그림 그리는 게 더 재밌어."

연주는 민아와 같이 문학을 전공했고 졸업할 때쯤 자신의 첫 번째 소설을 내놓았다. 그리고 이제 프리랜서 작가 3년 차. 언젠가부터 그림을 그리기 시작했는데, 그림 그리는 것을 배운 것도 아니고 취미로 하는 것인데도 소질이 있는지 제법 많은 작품을 완성했고, 그것들을 모아서 전시회도 계획하고 있다.

"그림을 그리면 말이야... 마음이 편안해져. 복잡한 생각도 정리가 되고, 무엇보다 그림과 잘 어울리는 내 글을 고르면 때로는 시가 되고 에세이가 돼. 언젠가 그것들을 모아 책으로 내볼 생각이야."

"그래, 아마도 멋진 작품이 될 것 같다."

내 말에 씽긋 웃으며 나를 돌아보는 그녀의 모습이

예뻐 같이 미소 지었다.

이런저런 얘기를 나누면서 걷는 동안 어느덧 집 앞에 도착했다.

"이제 다 왔네. 민아는 먼저 와 있다고 했어."

"웬일로 오늘은 민아가 먼저 도착했나 보네."

연주 얘기에 대답하면서 초인종을 가볍게 눌렀다.

"누구실까요?"

"누구긴, 나야. 빨리 문 열어."

"민아야. 나도 같이 왔어."

"어떻게 둘이 같이 왔네. 알았어. 빨리 들어와."

나와 연주는 대문을 열고 길지 않은 정원을 가로질러 현관문 앞까지 걸어갔다. 주방의 열린 창문 틈 사이로 맛있는 음식 냄새가 났다. 이 집은 어릴 때부터 우리 가족이 함께 살던 곳으로 시내에서는 비교적 한적한 동네에 위치해 있다.

부모님은 우리가 대학에 진학한 이후, 고향으로 내려가 전원주택을 짓고 조그마하게 농사를 지으면서 살고 계신다. 그래서 지금은 나와 민아만 이 집에 살고 있다.

현관문을 열자 익숙한 음성이 우리를 반긴다.

“아들, 어서 와. 연주도 왔구나? 어서 외투부터 벗고 손 씻고 이리로 와. 저녁 준비 다 됐어.”

앞치마를 두른 채 밝게 웃는 어머니의 옆 식탁에는 나와 민아가 좋아하는 음식, 그리고 연주가 좋아하는 음식들이 가득 차려져 있다.

“이걸 언제 다 준비하신 거예요?”

“집에서 미리 준비하고, 여기서 데우거나 간단히 조리한 거야. 민아도 일찍 와서 도와줬고.”

“아무튼 고생하셨어요.”

“어머니, 저도 일찍 와서 도왔어야 하는데... 죄송해요.”

나와 연주의 인사에 흐뭇하게 웃는 어머니의 등 뒤에서 불쑥 고개를 내민 민아가 애교 섞인 웃음을 지으며 말한다.

“오빠, 나 너무 힘들었엉.”

“그래, 민아 너도 고생 많았어.”

민아의 말에 가볍게 웃음꽃이 핀 우리는 식탁에 마

주 앉아 식사를 했다. 좋아하는 음식을 맘껏 먹은 우리는 거실 소파에 옮겨 앉아 함께 커피를 마셨다.

"정말 맛있었어. 엄마 더 자주 오면 안 돼?"

민아의 애교에 어머니는 조금은 뾰로통한 표정을 지어 보이며 말한다.

"너희들끼리 식사 잘 챙겨 먹으면 얼마나 좋아. 내가 이렇게 힘들게 올라오지 않아도 되고."

"아니야, 우리 알아서 잘 챙겨 먹어. 그치 오빠?"

"네, 저희 잘 챙겨 먹고 있어요. 너무 걱정하지 마세요."

"그래, 그러면 다행이고. 연주도 맛있게 먹었어? 너는 어떻게 볼 때마다 살이 빠지는 것 같아?"

커피를 마시며 이야기를 듣고 있던 연주가, 잔을 내려놓으며 대답한다.

"아니에요. 그대로 인걸요. 오늘 정말 맛있게 잘 먹었어요."

"연주는 한 번 작업 시작하면 집중하느라 끼니도 잘 안 챙겨 먹는다니까. 그래서 저렇게 살이 빠진 거라구."

"아니야, 요새는 안 그래. 잘 챙겨 먹어."

민아 말에 살짝 당황한 연주 얼굴이 가볍게 붉어졌다. 그 모습이 귀여워서 그녀의 얼굴을 한 동안 바라봤다.

연주는 어릴 때부터 같은 동네에서 자랐고 민아와 특히 친했기 때문에 부모님과도 잘 알고 지내는 사이다. 대학에 진학할 무렵 다른 동네로 이사를 갔지만, 민아와 같은 학교에 진학했기 때문에 지금까지도 가깝게 지내고 있다. 그리고 민아와 연주 둘 다 나의 대학 후배이기도 하다.

"지원이는 요즘 어때? 미국까지 가서 고생이 많을 텐데... 끼니는 잘 챙겨 먹는지 모르겠다..."

"왜에? 엄마, 미국까지 가서 지원 언니 밥 챙겨 주려구?

"맘 같아서는 그러고 싶지. 얼마나 고생이 많을까?"

"걱정 마, 엄마. 지원 언니처럼 똑 부러지는 사람이 어딨어?! 지원 언니 걱정은 안 해도 돼. 알아서 잘 할 거야."

"그래도… 걱정이 되지…"

어머니와 민아 사이의 대화를 듣는 동안 고개를 살짝 숙인 채 커피잔을 바라보고 있는 연주를 의식하며 내가 말한다.

"걱정 안 하셔도 돼요. 요즘 공부도 열심히 하고 건강하게 잘 지내요."

"그래, 그럼 다행이다."

내 말에 안심하신 어머니는 지원이에 대한 몇 마디 칭찬과 함께 밝게 웃었다. 그 웃음소리가 그칠 때쯤 연주가 조심스레 얘기를 꺼냈다.

"저는 이만 가볼게요. 오늘 마무리해야 할 작업이 남아서요."

"아, 그러니? 그래 조심히 들어가. 부모님께 안부 전해 주렴. 다음에 올라오면 찾아 뵙겠다고 전해드리고."

"네, 알겠어요. 담에 또 봬요, 어머니."

나는 자리에서 일어나, 연주의 외투를 챙기며 말한다.

"연주는 버스정류장까지 제가 데려다 줄게요."

"그래, 그렇게 해. 벌써 날이 어두워졌다."

어머니가 창밖을 바라보며 말하는 사이, 민아가 연주를 바라보며 웃으며 인사한다.

"나는 멀리 안 나갈 게. 담에 봐."

"알았어, 나중에 연락할게."

민아와 인사를 나누고 현관문을 나선 연주를 따라 정원으로 걸어 나온 나는, 대문을 열고 밖으로 나오면서부터 연주와 나란히 걷기 시작했다.

"저녁 공기는 아직 차네."

"어... 그러네. 아직은 찬 공기가 남아 있나 봐."

연주에 말에 내가 어색하게 대답했다. 어머니께서 지원이 얘기를 할 때부터 나의 말과 행동은 부자연스럽다. 나 스스로 알 정도이니 연주도 느끼고 있을 거다.

"지원 언니는 언제 돌아와?"

"지원이? 이제 유학 3년차인걸. 겨우 박사과정에 들어갔으니 아직 5, 6년은 더 있어야 할 거야."

"그렇구나... 하지만 언니라면 4, 5년이 될지도 모르지."

"그럴지도."

연주의 말에 우리는 함께 지원이를 떠올리며 가벼

운 웃음을 지었다.

“나 입학해서 민아 따라 동아리에 처음 가입했을 때, 지원 언니가 얼마나 무서웠는지 몰라.”

“그때 지원이가 동아리 회장이었지 아마?”

“응. 언니는 선배들에게 할 말 다하고 후배들에게는 따뜻하면서도, 우리가 잘못했을 땐 정말 엄하게 혼내곤 했어. 그래서 다들 언니를 좋아하면서도 어려워했지.”

“그래, 동기인 나도 한 번씩 무서울 정도였으니까.”

“오빠는 그때도 언니한테 꼼짝 못 했어!”

“내가 그랬나..?”

나는 신입생 때 친구를 따라 우연히 가입하게 된 천문동아리에서 지원이를 처음 만났다. 아마 나는 처음부터 그녀에게 이끌렸는지 모른다. 신입생임에도 당차고 통솔력 있는 그녀를 따라 선배들이 내주는 과제들을 해 나가면서 그녀를 조금씩 좋아하게 됐고, 그런 그녀를 존경하기까지 했다. 나와 같이 가입했던 친구 녀석이 흥미를 잃고 동아리를 그만두고 나서도 동아리를 계속할 수 있었던 이유는 그녀의 존재 때문이었다.

"이제 다 왔다."

"시간이 제법 늦었네. 조심히 돌아가. 오늘 와줘서 고마웠어."

"뭘, 어머니가 해 주신 맛있는 밥 먹고 돌아가는 건데. 오빠도 어서 들어가."

"그래, 또 놀러 와."

"응. 지금 하는 작업만 끝내 놓으면 조금 여유가 있을 거야. 버스 왔다. 나 갈게, 오빠."

"그래, 다음에 봐."

버스에 올라타는 그녀의 모습을 뒤로하고 걸어가려다, 고개를 돌려 출발하는 버스를 바라봤다. 그녀는 슬픈 눈으로 고개를 숙인 채 의자에 앉아 있었다. 그 모습을 지켜 보기가 힘들어 애써 외면한 나는, 발걸음을 재촉해 집으로 향했다.

걸어가는 동안 자꾸 앞이 흐려지는 바람에 바닥을 보며 신중히 발을 옮겨야 했다. 신고 있던 감색 스니커즈는 평소와 다른 파스텔색으로 변해, 신발과 바닥 사이로 번지고 있었다. 그래서 나는 어쩔 수 없이 눈을 감았지만, 자꾸만 흘러내리는 눈물을 막을 수는 없었다.

'그래도 오늘, 너를 볼 수 있어서 좋았어.'

볼을 따라 흐르는 눈물을 닦아내고 그녀의 모습을 그리며 집으로 돌아가는 길은, 평소보다 멀게 느껴지기도 가깝게 느껴지기도 했다. 마치 알 수 없는 내 마음과 같았고 그녀와 나 사이의 거리 와도 같았다.

쌍둥이 자리

“여보세요. 지원아, 이 시간에 웬일이야?”

“웬일이긴, 너 생각나서 전화했지. 오후 강의 듣고 저녁 먹으러 나가는 길에 잠깐 전화한 거야. 뭐 하고 있었어?”

“아, 오늘 북 페어 있는 날이라 컨벤션 센터 가려고 준비 중이야. 민아는 출판사 부스 준비한다고 먼저 출발했고.”

“그래? 민아는 출판사에서 일하는 게 재밌나 봐. 학교 다닐 때는 매번 강의 빼먹고 뺀질거리더니, 아주 착실해 졌네.”

민아 얘기를 하는 지원이의 목소리에 웃음기가 묻어나, 나도 가볍게 미소 지으며 대답한다.

"그러게. 민아 요즘 정말 열심히 해. 출판사 대표님께 인정도 받고 있고, 이번에 민아가 기획한 책도 제법 잘 팔려서, 민아가 요즘 기분이 좋아."

"아, 그랬구나. 민아가 기분이 좋다니까 나도 기분이 좋네. 다음에 만나면 예뻐해 줘야겠는걸. 너는 별일 없는 거지? 주현 선배랑도 여전하고?"

"나야 뭐, 항상 그렇지. 주현 선배랑은 너무 잘 맞아서 탈이지. 가끔 속이 터질 때도 있지만, 그만한 사람이 없어. 딴 데를 가고 싶어도 주현 선배 때문에 못 간다니까. 참, 얼마 전에 어머니 다녀가셨어. 네 안부를 물으시길래 잘 지내고 있으니 걱정 말라고 말씀드렸어."

"어머니가 또 내 걱정 많이 하시지? 어머니처럼 정이 많으신 분은 또 없을 거야."

수화기 너머에서 지원이의 가벼운 웃음소리가 들렸다. 어머니를 생각하면서 애틋한 표정을 짓는 지원이의 모습이 눈앞에 보이는 것만 같았다.

"그렇지, 어머니야 늘 걱정이 많으신 분이니까. 너는 정말 괜찮은 거야? 힘든 건 없어?"

"왜 이래, 나 김지원이야. 뭐든 잘하는 거 알잖아. 걱정할 것 없어. 너무 잘 지내거든. 한국도 제법 더워졌을 텐데, 건강 잘 챙겨."

"그래, 잘 지낸다니 다행이다. 내 걱정은 하지 말고 바다 건너에 있는 네 건강이나 잘 챙겨."

"알았어. 이제 끊어야겠다. 또 연락할게."

"그래, 식사 맛있게 해."

"응. 끊어."

지원이를 만난 지 10년째. 어느덧 가족보다 더 가까워진 사이가 되었다. 소심하고 고민이 많은 성격인 나와 달리, 지원이는 언제나 자신만만하고 씩씩해서, 내가 어떤 결정을 앞두고 주저하고 있을 때, 나를 채근하고 앞으로 나아가도록 용기를 북돋아 주는 일을 지원이가 맡아주었다.

3년 전 오랜 준비 끝에 미국으로 유학을 갈 때도 지원이는 거침이 없었고, 그런 지원이가 자랑스러우면서 부럽기도 했다. 또 한편으론 연인인 내가 지원이의 결정에 아무런 고려 사항도 못돼는 것 같아 서운하기도 했다. 하지만 이내 그런 생각을 하는 내가 부끄러웠고, 지원이에게 여전히 부족한 사람이라는 생각을 했었다.

컨벤션 센터까지 버스를 탈까 하다가 컨벤션 센터가 버스에서 내려서 제법 걸어야 하는 위치에 있는 데다, 무더워진 날씨 때문에 땀을 제법 흘려야 할 것 같아, 차를 운전해서 가기로 했다. 휴일이라 거리는 한산해서 운전할 맛이 났고, 차를 가져오기 잘했다는 생각이 들었다.

햇살이 따가워서 선루프를 닫았다. 에어컨에서는 시원한 바람이 나오기 시작했고, 스피커의 볼륨을 높였다. 나의 SUV는 으르렁 소리를 내며 내달렸다. 지금 속도면 컨벤션 센터까지 30분이면 도착할 것이다. 내비게이션의 안내 음성을 따라 핸들을 움직이고 엑셀과 브레이크를 번갈아 밟아가며 운전을 하는 동안 지원이와의 추억을 떠올렸다.

우리 동아리는 자체 관측소를 가지고 있었는데, 관측소에 비치된 대구경 망원경은 아마추어 관측자들이 관측 활동을 하기에 더할 나위 없이 훌륭했다. 우리는 황도 12궁을 따라 계절별 별자리를 관측했고, 대성운이나 달의 월식을 촬영하기도 했다. 호기심 많은 신입생들은 날씨가 맑은 날이면 어김없이 망원경 앞에 모여 앉곤 했는데, 선배들 보다 더 의젓한 지원이가 항상 우리들에게 별에 대한 지식과 관측 요령을 알려주곤 했다. 선배들에게 같은 내용을 배워도 우리보다 훨씬 빠르게 습득하는 것은 물론 배운 내용을 항상 더 깊게 공부하는 버릇이 있었던 지원이었다.

지원이는 내게 선망의 대상이면서, 조금 어려운 존재이기도 했다. 그런 지원이와 특별한 사이가 된 건 겨울방학 때 선배들과 함께 시 외곽의 천문대로 떠난 관측 여행에서였다. 1박2일의 일정이었는데, 일정을 계획했을 때와는 달리 내내 날씨가 흐려서 관측이 불가능했다. 선배들은 그냥 여행 왔다 셈 치고 숙소에서 재밌게 놀자며 근처 마트에서 술과 먹을거리를 사 왔다.

술자리가 시작되고 분위기가 무르익을 무렵 술을 마시지 않던 지원이는 그 자리가 지겨웠는지 조용히 자리에서 일어나 밖으로 향했다. 나는 그런 지원이를 물끄러미 바라보고 있었는데, 돌아서던 그녀와 눈이 마주쳤고 나는 이끌리듯 자리에서 일어나 그녀를 따라갔다. 이미 술에 취한 선배들과 동기 녀석들은 우리가 자리를 비운 지도 모르고 목소리를 높여가며 웃고 떠들고 있었다.

"넌 술자리가 재미없어?"

뒤따라 나오는 나를 보며 의아한 듯 묻는 그녀의 말에, 적당히 술에 취한 나는 장난스럽게 대답했다.

"네가 따라 나오라고 한 거 아니었어?"

"무슨 소리야. 너 술 마시기 싫어서 나 따라 나온 거잖아. 다 알아, 너 술 잘 못 마시는 거."

"나? 물론 술을 잘 마시진 못해. 하지만 술자리를 싫어하지는 않아."

"그럼 왜 나왔는데?"

"네가 나오라길래 따라 나온 거라니까. 아까 눈이

마주쳤을 때, 나한테 신호 보낸 거 아니었어?"

"너 웃기다. 얌전하기만 한 줄 알았는데... 좋아, 내가 나오라고 한 걸로 하자."

지원이는 나의 엉뚱한 말이 재밌었는지, 까르르 웃음을 터뜨리며 내게 말했다.

웃음짓는 지원이에게 가벼운 미소를 지어 보인 후, 나는 밤공기를 크게 들이마셨다. 날씨는 흐렸지만 공기는 좋았다. 답답한 시내를 벗어나서 그런지 유난이도 상쾌한 공기였다.

"그럼, 우리 드라이브할래?"

"드라이브? 좋지. 공기도 좋고, 경치도 좋고. 한번 가볼까?"

지원이는 시 외곽지역에 살고 있었기 때문에 학교를 오갈 때 차를 이용하고 있었다. 작은 체구의 그녀는 유독 커다란 SUV를 운전했고, 선배들과 동기들 모두 그런 그녀를 멋있다고 말하곤 했다. 술을 마시지 않는 그녀 덕분에 동아리 행사 때마다 차를 얻어 타고 이동한 적은 많았지만, 둘이서 드라이브를 한 것은 그날이 처음이었다.

지원이의 SUV는 힘차게 언덕을 올랐고 천문대가 마주 보이는 반대편 언덕에 다다랐다. 차 안에 있는 거울에 비친 내 얼굴은 술기운에 붉게 달아올라 있었고, 그 모습에 조금 부끄러워진 나는 창문을 살짝 열었다. 그러자 언덕 위의 차가운 밤공기가 차 안으로 들어와 금세 몸이 떨릴 정도로 추워졌다. 다시 창문을 닫고 히터의 온도를 올렸다. 따뜻한 히터 바람에 몸이 노곤해지자 나도 모르게 눈이 감겼다. 얼마 동안의 시간이 지났을까? 나를 깨우는 지원이의 목소리를 듣고 잠에서 깼다.

"민오야, 그만 졸고 하늘 위를 봐봐."

"응?"

젖혀진 시트에 누워있던 내가 눈을 뜨자 활짝 열린 선루프로 맑은 하늘이 보였다. 그리고 별이 눈부시게 반짝이고 있었다.

"새벽이 되어서야 하늘이 맑게 개었어. 천문대는 문을 닫았을 테니, 이렇게 눈으로 별을 보는 수밖에 없겠어."

선루프를 통해 차가운 밤공기가 차 안으로 들어와, 나는 두 손으로 겉옷을 움켜쥐었다. 그리고 잠에서 덜 깬 눈으로 힘겹게 밤하늘을 올려다봤다. 그때 기다렸다는 듯 지원이가 내게 묻는다.

"너 쌍둥이자리 찾을 수 있어?"

"쌍둥이자리? 그게 어디 있는데?

"쌍둥이자리는 북쪽 하늘에 있어. 쌍둥이자리를 찾으려면 먼저 겨울의 대삼각형을 찾아야 해."

"겨울의 대삼각형?"

"응. 겨울의 대삼각형 중 프로키온과 베텔게우스를 찾아 이은 다음, 시리우스의 반대편에 밝게 빛나는 별을 찾으면, 그 별이 바로 쌍둥이자리의 동생 별인 폴룩스야. 그리고 그 옆에 또 다른 밝은 별이 카스토르."

"응? 프로키온? 베텔게우스? 어디를 얘기하는지 모르겠어."

별자리는 찾지 못하고 뚫어지게 하늘만 쳐다보고 있는 내게, 지원이가 웃음 띤 말투로 말한다.

"그럼 너 오리온자리는 아니?"

"오리온자리? 그건 알아. 달과 사냥의 여신 아르테미스가 사랑한 오리온. 오빠인 아폴론이 오리온을 과녁 삼아 내기를 걸었고, 아르테미스가 오리온의 머리를 명중시켰지. 아르테미스의 슬픔을 달래주기 위해 제우스가 오리온을 밤하늘의 별자리로 만들었잖아."

"어머, 너 그런 것도 알아?"

놀라워하는 지원이를 보면서 나는 의기양양한 표정을 지으며 말한다.

"지난번에 오리온 대성운을 관측할 때 선배들이 알려줬어."

"아, 그랬구나. 그럼 오리온의 왼쪽 겨드랑이와 왼쪽 다리는 알겠네?"

"가만 보자... 오리온자리를 먼저 찾고... 오리온의 왼쪽 겨드랑이라면... 음... 찾았어. 그리고 왼쪽 다리도."

"잘 했어. 그 왼쪽 겨드랑이가 베텔게우스야. 왼쪽 다리는 리겔이고."

"아, 그렇구나. 아까 얘기했었지? 베텔게우스."

"그래, 리겔에서 베텔게우스를 지나 오리온의 머리

방향으로 쭉 뻗으면 그곳에 밝게 빛나는 별이 바로 폴룩스야.

"아... 가만... 찾았어! 저게 바로 폴룩스였구나."

"그래, 그리고 바로 옆에 빛나는 별이 형 카스토르야. 잘 봐. 폴룩스와 카스토르가 마치 어깨동무를 하고 있는 모양이지? 이게 바로 쌍둥이자리야."

"어, 이제 보이는 것 같아. 별자리는 그냥 보면 전혀 알 수가 없는데, 설명을 듣고 보면 마치 그림이 그려지듯 선명하게 보인다니까. 정말 신비로워."

"동생인 폴룩스는 제우스의 피를 이어받았지만, 형 카스토르는 인간이었기 때문에 생을 마감하는 날이 오게 되고, 이를 슬퍼한 폴룩스가 제우스에게 간청해서 형과 동생이 나란히 밤하늘에 함께 있게 되었대."

"그렇구나, 재밌네. 지원이 너는 그걸 어떻게 알아?"

"나? 내가 모르는 게 어딨니?"

"그래, 언제나 자신만만하지. 김지원."

"그게 내 매력이잖아."

그날 우리는 맑은 밤하늘을 보면서 별자리 얘기로

밤을 지새웠고, 아침이 다 되어서야 숙소로 돌아가 짧은 잠을 청했다. 다음 날 우리가 어디를 다녀왔는지 궁금해하는 선배들과 동기들에게 지원이는 민오와 데이트를 했다고 말했고, 그때부터 우리는 동아리 공식 커플이 되었다. 그건 내가 항상 지원이와 붙어 다니게 되었음을 의미했고, 예쁘고 당찬 지원이를 바라만 보고 쉽게 다가서지 못하던 남자 선배들과 동기들에게는 절망스러운 소식이었다.

"오빠. 여기야! 오른쪽!"

"어 민아야, 여기구나. 한참 찾았네. 그런데 너 혼자야?"

"아, 대표님도 오시기로 했는데, 갑자기 작가님 미팅이 생겨서 좀 늦으신다고 하셔서... 혼자 준비하느라 힘들었엉."

"치. 내가 뭘 도와주면 되는데?"

"오빠는 할 건 없어. 책 소개는 내가 다 할 거니까 오시는 분들 안내만 잘 해줘. 여기 책자랑, 기념품도 좀 나눠주고."

"결국 나 더러 허드렛일 하라는 거지?"

어이없다는 듯 피식 웃는 내게, 민아가 조금은 단호한 말투로 말을 잇는다.

"내가 믿을 사람이 오빠밖에 더 있어? 도와줄 거지?"

"도와줘야지. 그럼 여기까지 와서 그냥 갈까 봐? 알았어, 오빠만 믿어."

"히히. 고마워 오빠."

북 페어는 내가 생각했던 것보다 규모가 커서 조금 놀랐다. 현장에는 대형 출판사와 민아네 출판사와 같은 중소규모의 출판사 그리고 독립출판 작가들의 부스까지 그 종류가 다양했다. 민아네 출판사 부스는 그중에서도 작은 규모로 2, 3명이 전시된 책들을 소개할 만한 공간밖에 되지 않았다.

시간이 정오를 향해 흐를수록 사람들이 늘어났고 부스를 방문하는 손님들도 많아졌다. 민아의 안내에 따라 책 소개를 받고 돌아가는 분들께 책갈피와 키홀더, 연필과 같은 기념품을 나눠드렸다. 기념품에는 민아네 출판사 이름인 '파도소리'와 파도 모양의 로

고가 새겨져 있었다.

방문하는 손님 중에는 간혹 전시된 책을 구매하는 손님들이 있었고, 그때마다 민아는 밝은 표정으로 감사의 인사를 전했다. 그런 분들께는 나도 머그컵이나 미니 가습기 같은 고가(?)의 기념품을 내어드렸다. 그렇게 정신없이 시간을 보내는 동안 점심시간이 다가왔고, 배가 고파왔다. 그때였다.

"민아 씨, 늦어서 미안해요. 고생 많았죠?"

"대표님, 이러시기예요? 조금 늦는다고 하시더니, 점심시간이 다 되어서야 오시다뇨! 너무 하신 거 아니에요?"

"미안 미안, 안 그래도 많이 늦은 것 같아서 맛있는 음식을 사 왔다고요. 여기요. 민아 씨가 좋아하는 만두!"

"대표님! 이러시면 곤란하죠. 오전 내내 저희 고생시키고 만두라뇨! 정말, 제가 젤 좋아하는 만두니까 용서하는 겁니다!"

"하하하. 역시 민아 씨는 만두를 좋아한다니까. 다행입니다, 용서해 주셔서. 아니 그런데 옆에 계신 이

분은 누구세요?”

“아, 내 정신 좀 봐. 인사해, 오빠. 우리 대표님이셔. 나현우 대표님.”

“반갑습니다. 서민오입니다. 말씀 많이 들었습니다. 항상 민아 잘 챙겨 주셔서 감사드려요.”

“아하, 반가워요. 민아 씨 오빠였구나. 토요일이면 보통 쉬는 날 일 텐데, 이렇게 북 페어에서 우리 파도 소리 부스를 지켜 주시고, 어떻게 감사를 드려야 할지...”

“아, 아닙니다. 여기 이 만두면 충분합니다. 저도 민아처럼 만두 좋아하거든요.”

“아, 그러시구나. 두 분 얼른 드세요. 그동안 제가 부스를 보고 있을게요. 점심시간이라 좀 한산한 것 같으니까요.”

서글서글한 외모에 붙임성 좋은 성격의 나 대표는 예의 밝은 표정으로 우리에게 식사를 권했고, 우리는 부스 안쪽의 조그마한 테이블에서 만두를 먹기 시작했다. 만두를 유독 좋아하는 민아가 쉴 새 없이 만두를 입안에 넣으면서 나 대표에게 말했다.

"대표님. 그런데 오늘 어느 작가분을 뵙고 오시는 길이에요?"

"아하. 제가 그 얘길 안 했군요! 작가분을 만난 건 아니고, 통화를 하느라 조금 늦은 겁니다. 사실 오늘 전성현 작가와 통화를 했어요."

"네에! 전성현 작가요? 정말이에요?"

"아니, 제가 전성현 작가와 통화하면 안 될 이유라도 있나요?"

"물론 그런 건 아니지만, 무슨 일로 통화를 하신 거예요? 전성현 작가처럼 유명한 작가가 우리 출판사와 작업을 할리도 없잖아요..."

"과연 그럴까요?"

만두를 먹으면서 둘의 대화를 말없이 듣고 있다 나 대표의 음흉한 웃음소리에 고개를 돌려 그를 바라봤다. 전성현 작가라면 독서에 취미가 없는 편인 나도 아는 유명한 작가인데, 나 대표가 전성현 작가와 통화하고 와서 저렇게 음흉하게 웃는다는 건 틀림없이 뭔가 있는 거다.

"대표님~! 뭔데요? 빨리 말해줘요."

"참, 민아 씨가 전성현 작가의 팬이라고 했죠? 가장 좋아하는 작가라고요?"

"아, 그렇다니까요. 뭔데요? 네?!"

"전성현 작가와 다음 작품의 출간에 대해 얘기를 나누는 중이에요. 아직 결정된 건 없지만, 긍정적으로 진행되고 있어요. 다음 주에 전 작가가 우리 파도소리 사무실에 방문하기로 돼있고요."

"전성현 작가님의 다음 작품을 우리 파도소리에서요? 게다가 작가님이 우리 사무실에 방문한다구요? 어머, 대표님! 대표님이 이런 능력자인지 몰랐어요. 알았으면 진작에 잘 해 드리는 건데..."

"그럼, 이제부터라도 제게 잘하시면 되겠네요?!"

"아, 예. 앞으로 제대로 모시겠습니다."

둘이 나누는 대화를 듣고 있자니, 자꾸 헛웃음이 나서 참기 힘들었다. 아무리 봐도 둘은 대표와 직원의 관계가 아니라 아주 가까운, 마치 남매와 같이 격이 없었다. 오빠는 바로 옆에서 같이 만두를 먹고 있는데, 민아는 오히려 나 대표와 더 가까운 사이 같아 보였다. 그렇다고 질투가 나진 않았다. 우리는 그야말로 현실 남매니까.

"식사도 마쳤고 대표님도 오셨으니, 이제 난 가면 되는 거지?"

"응~ 오빠. 오늘 정말 고생 많았어. 오빠 없었으면 나 너무 힘들었을 것 같아. 고마워!"

"뭘, 이 정도 가지고. 오늘 몇 시 까지라고 했지?"

"6시까지."

"그래, 좀 만 더 고생해. 그런데 대표님은 어디 가셨어?"

"응? 대표님? 방금 전까지 계셨는데, 어디 가신 거지?"

민아와 내가 주변을 살피는 사이 낮익은 통화음이 들려왔고 고개를 돌려 통로 쪽을 바라보니, 한 손에 휴대폰을 들고 우리를 보고 환하게 웃으며 걸어오는 나 대표가 보였다.

"전성현 작가가 오후 스케줄이 취소되는 바람에 파

도소리 부스에 잠깐 들른다는군요."

"네에?! 전성현 작가님이요? 우리 부스에요? 지금이요?"

"아니, 왜 그렇게 놀라요? 좀 전에 전성현 작가와 긍정적으로 얘기되고 있다고 말하지 않았나요?"

"아… 그렇게 말씀하셨죠. 분명."

나는 나 대표의 말에 넋이 나간 듯한 민아의 옆구리를 툭 찌르며 묻는다.

"그렇게 유명한 작가가 이런 북 페어에 오기도 하는 거야? 그것도 파도소리 같은 작은 출판사 부스에?"

"그러게… 그러니까 지금 가지 마, 오빠. 전성현 작가 오는 거 보고 가. 나 심장 떨려서 오빠마저 없으면 쓰러질지도 몰라."

"어, 그래. 알았어."

우리 대화를 들었는지 못 들었는지 나 대표는 우리를 바라보며 태연하게 웃으면서 말한다.

"유명 작가님이 오신다니까, 부스를 다시 깔끔하게 정리해 볼까요?"

“아, 네. 알겠습니다. 대표님.”

“아. 네...”

나 대표의 말에 민아는 힘차게 대답했고, 그 소리에 옆에 있던 나도 엉겁결에 같은 대답을 하고 말았다.

우리는 테이블 상단에 전시된 책들을 다시 반듯하게 놓고 부족한 책을 채워 놓았다. 기념품들도 회사 로고가 잘 보이도록 정렬했고, 방문객들이 남기고 간 음료 컵과 쓰레기들을 모두 치웠다. 잠시동안 분주했던 우리가 숨을 돌리려던 때에 주변 부스의 직원들과 방문객들의 수군거림이 들리기 시작했다.

“어머, 전성현 작가인가 봐?!”

민아의 말에 주변을 살펴보니 우리 부스로 걸어오는 한 남자가 보였다. 전성현 작가의 얼굴을 직접 본 적은 없지만, 워낙 유명하니까 어떤 모습인지는 알고 있었다.

“음... 저기 보인다. 저분인가 본데?”

“어머, 맞아. 맞아.”

내 말에 답하는 민아의 목소리에서 떨림이 느껴졌다.

멀리서 걸어오는 전성현 작가는 흰색 라운드넥 티셔츠에 린넨 소재의 검은색 가디건을 걸치고 있었고, 베이지색 스트레이트 팬츠와 회색 톤의 스니커즈를 신고 있었다. 세련된 외모에 여유 있는 발걸음의 전 작가는 같은 남자가 보기에도 멋있어 보였다. 그런 그가 우리 부스를 향해 다가오자 주변 부스에 있던 사람들이 그를 에워싸면서 모여들었다. 어느새 전 작가는 우리 부스에 앞에 서 있었고 옆과 뒤편에는 조금의 거리를 두고 얼굴을 보려는 사람들로 가득했다. 그리고 수군대는 소리들이 들려왔다.

"어머, 잘 생겼어."

"키도 커. 실물이 더 낫지 않아?"

"정말 멋있어!"

주변의 소음은 아랑곳 않고 우리 부스 앞에 선 그는, 이런 상황이 익숙하다는 듯 자연스러운 미소를 지으며 나 대표에게 말을 건넸다.

"오랜만이다. 현우야."

"그래, 반갑다. 이게 얼마 만이야. 이렇게 유명한 작가가 돼서 다시 보는구나."

둘의 대화를 듣고 서 있던 민아는 다리에 힘이 풀렸는지 휘청거렸고, 내가 한쪽 팔과 반대쪽 어깨를 잡지 않았으면 그대로 주저앉고 말았을 거다.

"오빠, 이게 뭐야? 대표님이랑 전성현 작가가 서로 아는 사이라고? 그것도 저렇게 반말하는 사이?"

"그러게, 의왼데."

민아와 내가 뒤에서 소곤소곤 얘기를 나누는 동안 나 대표는 어깨에 힘이 잔뜩 들어간 상태로 전성현 작가를 민아에게 소개했다.

"성현아 인사해. 이쪽은 마케팅팀 서민아 씨."

"안녕하세요. 전성현입니다."

"아... 안녕하세요. 서민아 입니다. 그런데 두 분 원래 알고 지내던 사이인가 보네요?"

"네. 전성현 작가와 저는 이미 오래전부터 알고 지내던 사이예요."

"네에? 정말요?"

"아니? 민아 씨. 제가 거짓말이라도 할까 봐요?

"아니요, 아니죠. 대표님이 거짓말할 그런 분이 아니죠. 저는 그냥 아주 놀라워서 그런 거죠. 하하. 그나저나 너무 멋지시네요. 실물로 처음 뵙는 건데, 이렇게 갑작스럽게 만나게 됐네요."

"아, 네. 민아 씨. 저도 반가워요. 마케팅 팀이라면 앞으로 저와 같이 할 일이 많겠네요. 잘 부탁합니다."

"아아… 예. 잘 부탁드립니다."

민아와 가볍게 인사를 마친 전성현 작가는 부스를 잠시 둘러보고 나 대표와 대화를 나누면서 다른 부스로 이동했다. 부스를 차례차례 옮길 때마다, 많은 사람들이 뒤따랐고 전시회를 나가기 전 출구 근처에서는 자연스럽게 독자들과의 사진 촬영이 이어졌다. 그렇게 몇 팀 정도 사진을 찍고 난 뒤에야 고개 숙여 인사하고 돌아서 출구로 빠져나가는 전 작가의 마지막 모습을 볼 수 있었다.

나와 민아는 어느 순간부터 말없이 전 작가를 바라보고 있었고, 그의 모습이 완전히 사라진 다음에야 민아의 목소리를 들을 수 있었다.

"오빠, 내가 전성현 작가의 책을 홍보하게 된 거라고?"

"그렇지. 분명히 전성현 작가가 잘 부탁한다고 했으니까. 나 대표도 너를 마케팅팀이라고 소개했고."

"그렇지? 그런 거지, 오빠..."

"그래, 그렇다니까."

"전성현 작가와 일하게 된 건 정말 영광인데... 근데 오빠..."

"응? 그런데?"

"우리 회사에 마케팅 담당이 나밖에 없는 거 알아? 뭐 마케팅팀? 그러면 나는 팀장이야? 으이구. 나현우 저 사기꾼."

"아하하, 그러네. 전 작가한테 좀 있어 보이려고 그런 거겠지. 둘이 어떤 사이인 줄은 몰라도."

"아무튼 대표님 돌아오면 대체 어찌 된 일인지 물어봐야겠어..."

"그러게. 나도 궁금하긴 하네."

"근데 오빠. 대표님은 또 어디로 사라진 거야?! 온 지 얼마나 됐다고 전성현 작가 핑계로 사라진 거 봐."

"곧 돌아오시겠지. 사람들이 다 전성현 작가 따라 나가버려서 당분간은 부스 찾는 사람들도 없겠는데? 숨 좀 돌려도 되겠다."

"그래, 오빠. 오늘 정말 고마웠어. 오빠 없었으면 나 너무 힘들었을 거야. 사랑해 오빠."

"너는 이럴 때만 사랑 타령이니? 그럼 난 간다. 마무리 잘 하고, 있다 집에서 보자."

"응, 조심히 가. 저녁에 맛있는 거 사 줄게."

"그래, 알았어. 수고해."

나는 밝게 웃으며 나에게 두 손을 흔드는 민아의 모습을 뒤로하고 컨벤션 센터를 나왔다. 행사 마감 전이라 주차장에서 빠져나오는 것은 어렵지 않았다. 저녁에 민아에게서 듣게 될 전 작가와 나 대표의 관계와 민아가 앞으로 맡게 될 일이 무엇일지 벌써부터 몹시 궁금했다.

특별한 만남

전성현 작가님과의 뜻하지 않은 만남 이후, 대표님께 작가님과의 관계와 앞으로 내가 맡게 될 일에 대해 물어보려 했지만, 북 페어가 끝날 때까지 대표님은 돌아오지 않았다.

일요일 북 페어 담당은 내가 아니라, 박지희 과장님이었기 때문에, 오늘 출근해서 일요일에 있었던 일을 우선 과장님께 물어볼 생각이었다.

사무실 문을 열고 곧바로 과장님 자리로 가려는데 사무실 테이블 가운데 앉아있는 대표님의 모습이 보였다.

"대표님, 웬일이세요? 이 시간에 사무실에 다 계시고?"

"아니, 민아 씨. 내가 사무실에 있는 게 그렇게 이상한 일입니까? 그리고 내가 언제 그렇게 자주 사무실을 비웠다고 그래요?"

"아, 아니요. 대표님. 사무실을 비우셨다고는 안 했어요. 왜 대표님 실에 안 계시고 사무실 테이블에 계시냐는 거죠?"

"푸웃"

자리에 앉아서 우리 얘기를 듣고 있던 과장님이 마시던 커피를 내려놓으면서 말한다.

"안녕, 민아 씨. 대표님이 출근하시자마자 회의를 해야 한다며 저렇게 민아 씨를 기다리고 계셔."

"아, 네. 과장님 안녕하세요."

과장님께 늦은 인사를 한 후 나는 대표님을 바라보며 묻는다.

"아니, 대표님. 무슨 일이길래 이 아침부터 회의에요? 회의 많은 회사치고 성공하는 회사 없다면서요?"

"아니, 민아 씨. 그건... 그렇긴 하지만... 그나저나 민아 씨는 아침에 나를 봤으면 인사부터 하지 않고 웬 일이라뇨? 담부턴 반갑게 인사부터 합시다."

뾰로통한 말투의 대표님에게 미안해진 나는, 인사와 함께 급하게 대표님의 칭찬을 시작한다.

"죄송해요. 대표님, 안녕하셨죠? 근데 박 과장님, 대표님과 전성현 작가가 아주 가까운 사이인 거 아세요? 대표님이 성현아, 하고 불렀다니까요. 우리 대표님이 보기보다 능력자예요. 어쩐지 내가 처음 면접 볼 때부터 평범한 분은 아닌 거 같았어요. 과장님, 이제 우리도 베스트셀러 작가와 일하게 됐어요. 우리 이제 무지 바쁜 거죠? 그렇죠 대표님?"

"응? 네? 지금 이 얘기는 박 과장에게 하는 겁니까? 나한테 하는 겁니까? 아무튼 정신없으니까 짐 내려놓고 빨리 여기 와서 앉아요. 나는 커피 한잔 내려올 테니까."

대표님이 커피를 내리기 위해 응접실로 자리를 옮긴 사이 나와 과장님은 나란히 사무실 테이블에 앉았다.

"언니, 어제 북 페어에서 뭐 들은 거 없어요? 전성

현 작가님과 대표님이랑 무슨 사이래요? 전성현 작가의 이번 신작은 어떤 내용이래요? 아니지 신작이 나온 지 얼마나 됐다고. 전성현 작가가 이 정도로 다작하는 작가는 아니잖아요?"

"아이 참. 침착해, 민아야. 사실 나도 잘 몰라. 대표님은 일요일에 우리 부스에 거의 안 계셨어. 잠깐 오셨다가 일 보신다고 금방 가셨어."

과장님과 나는 언니와 동생으로 서로 편하게 지내는 사이다. 내가 입사했을 때부터 지금까지 3년 동안 변함없이 호흡을 맞춰왔고, 덤벙대는 내 성격 탓에 본의 아니게 저지르게 된 많은 실수들을 지희 언니가 바로잡아 준 것이 셀 수 없이 많았다. 그럴 때마다 여유 있는 웃음으로 격려까지 해주는 언니는 나를 매번 부끄럽게 만든다. 나는 그런 지희 언니를 사랑하지 않을 수 없다.

"그럼, 언니 혼자 부스 지킨 거예요?"

"응. 그런데 일요일은 마지막 날이라 그런지 사람들이 아주 많지는 않았어. 혼자 할 만했어. 그리고 참, 그 얘기는 들었어. 대표님이랑 전 작가가 학교 동기래."

"네에? 그럼 친구 사이겠네요?!"

"뭐, 그런 셈이지."

내가 과장님과 얘기를 나누는 사이 따뜻한 아메리카노를 머그잔에 들고 사무실로 돌아온 대표님이 다시 자리에 앉았다.

"자아, 박지희 과장님, 그리고 민아 씨 내 얘기 잘 들어요. 이번에 우리 파도소리를 통해 전성현 작가의 신간이 나올 겁니다. 장르는 바로 에세이예요."

"네?!"

나는 놀라움에 외마디 비명을 지르고 급하게 입을 가렸다. 그런 나를 바라보던 과장님은 고개를 돌려 대표님께 묻는다.

"전성현 작가가 에세이를요? 전성현 작가는 에세이를 쓴 적이 없잖아요? 그럼 자신의 첫 번째 에세이를 파도소리를 통해 출간한다는 말씀이세요?"

"네, 맞아요. 전성현 작가의 첫 번째 에세이를 파도소리에서 출간합니다. 이번 일은 전성현 작가가 먼저 저에게 제안했어요."

"전성현 작가가 먼저요?"

다시 한번 놀란 내가 대표님께 물었다. 오늘 대표님이 작가님에 대해 얘기를 꺼낸 순간부터 나는 평소보다 말 수가 줄고, 대표님 말 한마디 한마디에 초 집중 상태다. 평소 같으면 대표님 말을 끊는 것은 보통이고, 말대꾸를 또박또박 하고 있었을 텐데... 내가 생각해도 난 조금 버릇이 없긴 하다.

"놀랄 것 없어요. 이건 나와 전성현 작가의 개인적인 친분 때문만은 아닙니다. 전 작가가 제안한 이유를 들어보면 납득이 갈 거예요."

"전 작가가 먼저 제안한 이유가 뭔데요?"

과장님의 질문에 대표님은 이야기를 이어갔다.

"올해가 전성현 작가가 등단한지 10주년이 되는 해에요. 데뷔작과 함께 혜성같이 나타나 많은 베스트셀러를 남긴 젊은 작가가 데뷔 10주년을 맞이한 거죠. 전 작가는 자신의 지난 10년을 에세이로 남기고 싶어해요. 자신의 소설과는 다른 형태로 말이죠."

“다른 형태라면 어떤 걸 말하는 거예요? 대표님.”

“조금 알 것도 같아요. 지금까지 전성현 작가는 대형 출판사와만 작업을 해왔어요. 첫 작품부터 베스트셀러가 됐고 그 뒤로도 워낙 유명세를 치렀으니까요. 이번 에세이는 자신의 작품 활동을 돌아보면서 조금은 차분하게 작업하고 활동할 계획을 갖고 있는 것 아닐까요?”

나의 질문에 대표님이 답하기도 전에, 과장님이 자신의 생각을 이야기했다. 그녀가 말하는 동안 대표님은 조용히 고개를 끄덕였다.

“맞아요. 전 작가는 조용하고 차분하게 자신의 이야기를 해보고 싶어 해요. 떠들썩한 홍보와 물량공세 없이, 자신의 작품을 읽어준 독자들에게 자신의 이야기를 선물하고 싶다는 생각이에요.”

그 얘기를 듣는데 덜컥 겁이 났다. 그동안 작가님이 파도소리와 작업하기로 한 것이 마냥 신기하기만 했는데, 이제 작가님과의 작업은 현실이 되었고, 작가님의 작품을 어떻게 홍보할지 고민해야 하는 상황이 되었다.

"그래서 말인데... 이번 마케팅 콘셉트는 파도소리가 가장 잘하는, 민아 씨가 해오던 전략을 그대로 쓸 생각이에요."

그 말을 듣자마자 머리가 어지러웠다. 내가 해오던 전략이라면 독립 작가님들의 책들을 SNS에 소개하고, 작가님들과의 인터뷰를 진행하고, 서평단 운영을 통해 많은 독자들이 접할 수 있도록 기회를 제공하는 것인데... 이 방식을 전성현 작가님의 에세이를 홍보하는데 쓴다니, 좀처럼 이해가 되지 않았다.

내가 멍하니 대표님만 바라보고 있는 사이, 과장님이 대표님의 말을 잇는다.

"그렇다면 전성현 작가와 그의 작품을 우리가 마치 독립 작가님들과 그들의 작품을 소개하듯이, 우리의 방식으로 진행한다는 거죠? 전 작가도 이 부분에 동의한 것이고요?"

"네. 정확합니다."

"와... 대표님. 대박이에요. 제가 입사해서 이런 경험을 다하게 되네요. 새삼 파도소리에 입사하길 잘했다는 생각이 들어요."

기뻐하는 과장님의 모습에서 그녀의 진심을 느낄 수 있었다. 과장님의 말처럼 파도소리에 입사해서 이런 경험을 하게 될 것이라고는 나 역시 상상해 보지 못했다. 어쩌면 너무나 좋은 기회인데, 나는 아직 당황스러웠고 겁이 난 상태다. 이런 내 맘을 아는지 모르는지 대표님은 앞으로의 작업 방향을 우리에게 상세하게 설명하기 시작했다.

약속시간 보다 10분 일찍 도착해서 예약된 테이블을 찾아 의자에 앉았다. 작가님과의 첫 번째 미팅 장소는 시내 한가운데 있는 고급호텔의 레스토랑이다. 작가님은 첫 번째 미팅 때 저녁식사를 대접하고 싶다며, 미리 예약해둔 식당 위치를 내게 메시지로 보내왔었다. 레스토랑 직원이 건네 준 메뉴판을 훑어본 나는 고급스러운 메뉴 구성에 놀랐고, 가격에 또 한 번 놀랐다. 메뉴야 작가님이 고르겠지, 생각하며 메뉴판을 조용히 덮었다.

대표님이 박 과장님과 나에게 설명해 준 작업 방향은 크게 두 가지였다. 먼저 나는 평소에 독립 작가님들과 해오던 방식대로 작가님을 인터뷰하기로 했다. 대신 작가님과의 인터뷰는 한 번에 그치지 않고 여러 차례 지속하면서 SNS에 연재하기로 했다. 연재할 SNS는 작가님의 계정이 아니라 파도소리 계정이고, 작가님의 계정에는 연재에 대한 공지와 일정만 올리기로 했다. 인터뷰는 모두 열 번 진행하기로 했고, 인터뷰 내용과 작가님의 집필 내용을 묶어 책으로 발간하기로 했다.

그 다음은 그렇게 진행된 인터뷰 내용을 박 과장님과 디자인팀에서 예쁜 이미지와 함께 게재하고, 이 이미지들을 통해 에세이의 디자인을 완성하기로 했다. 마지막 인터뷰가 종료되면 곧바로 전 작가의 신작이자 그의 첫 번째 에세이가 완성되는 것이다.

첫 번째 인터뷰에 앞서 긴장된 마음을 가라앉히려 숨을 고르고 있을 때, 레스토랑 입구에 그의 모습이 나타났다. 어찌나 떨리는지 꼭 마주 잡은 두 손을 허벅지 위에 올리고 잠시 천장을 바라봤다. 천장에는 샹들리에의 화려한 유리 장식이 조명을 받아 반짝반짝 빛나고 있었다.

"뭘 그렇게 보고 있어요?"

"아... 아니에요, 아무것도. 안녕하세요. 작가님..."

당황한 내가 떨리는 목소리로 건넨 인사에 전 작가는 웃으며 대답한다.

"네, 안녕하셨어요? 북 페어에서 뵙고 이번이 두 번째 만남이네요?"

"그러네요. 저희 사무실에 한번 오시는 줄 알고 있었는데 여기서 이렇게 뵙게 되었네요."

"아, 그랬었죠? 파도소리에 방문하려 했던 건 이번 일의 진행 방향을 협의하려고 했던 건데, 북 페어에 방문에서 나 대표와 얘기를 나눌 수 있게 되었고, 얘기가 마무리되는 바람에 사무실에는 방문할 필요가 없어졌던 거예요."

"그랬던 거군요. 물론 그럴 거라고 짐작은 하고 있었

습니다. 사실 저보다 디자인 담당인 박지희 과장이 작가님 방문을 기대하고 있었는데 많이 아쉬워했어요."

나의 말에 작가님은 가벼운 미소를 지으며 답한다.

"그랬군요. 제가 배려가 부족했나요? 하하. 박지희 과장님도 저의 팬이신가 보네요?"

"네, 맞아요. 그런데... 과장님도, 라면..."

"그래요, 민아 씨도 저의 팬이라고 들었습니다. 하하."

"아, 대표님께 들으셨군요. 히힛."

우리가 웃으며 얘기를 나누는 동안, 직원이 주문을 받기 위해 다가왔고, 작가님은 익숙한 솜씨로 메뉴를 주문했다. 나에게 음식에 대한 의견을 물었지만, 대체로 무난한 메뉴였기에 좋다는 대답만 해주었다. 인터뷰는 식사를 하면서 자연스럽게 진행됐다.

"작가님, 우선 등단 10주년을 축하드려요. 이번에 파도소리를 통해 에세이를 출간하게 되신 것두요. 이번 기획의 의도를 여쭤봐도 될까요? 물론 이 기획의 주체는 파도소리지만 작가님의 아이디어라고 들었습니다."

"네. 감사드립니다. 지난 10년이 어떻게 지나갔는지 모르겠어요. 첫 작품부터 과분한 사랑을 받았고, 그 사랑을 변함없이, 아낌없이 보내주신 독자분들 덕분이 제가 이 자리에 있습니다. 기획 의도를 물어보셨는데, 사실 데뷔한 지 10년이 되는 유명한 작가로서가 아니라 전성현이라는 사람의 에세이를 쓰고 싶었어요. 제 작품들은 많은 사람들의 사랑을 받았지만, 전성현이라는 사람에 대해 아는 사람은 많지 않을 거예요. 작품으로 말고는 대중에게 노출된 적이 많지 않았으니까요."

"맞아요. 저도 작가님의 팬으로서 작가님의 소설에 대해서는 얼마든지 얘기할 수 있지만, 전성현이라는 사람에 대해서는 아는 것이 없어요."

"네, 저의 팬이라고 말씀하셨고 출판계에 일하는 민아 씨도 전성현에 대해 아는 것이 없으니까, 일반 독자들은 더 알 수 없었겠죠. 그래서 이번 에세이를 통해 저를 소개하고 싶어요."

"그럼... 왜 파도소리였나요? 파도소리는 대중에게

많이 알려진 출판사는 아니잖아요."

"물론 파도소리가 유명 출판사는 아닙니다. 그렇지만 그동안 파도소리가 독립 작가와 출판물을 대중에게 알리기 위해 지속적으로 노력했다는 것은 알고 있어요. 그 덕분에 대중적 인지도를 얻게 된 작가님도 있었고요."

"작가님께서 파도소리를 지켜 보시고 저희의 노력을 알아봐 주셔서 감사드려요. 그렇지만 유명 작가가 독립 작가의 몫까지 뺏으려 한다는 비난을 받으면 어떻게 하시려고요? 물론 농담이에요."

초면에 만난 작가님에게 짓궂은 질문을 한 것 같아, 나는 가볍게 웃어 보였다.

"농담치곤 너무 잔인한데요? 하지만 반대로 파도소리 플랫폼을 더 알리는 계기가 돼서, 독립 작가들에게 도움이 될지도 모르죠."

"그러네요. 그렇게 된다면 좋겠습니다. 그렇지 않아도 이번에 작가님과의 인터뷰가 진행된다는 소식이 전해지고 나서, 저희 SNS 계정의 구독자 수가 크게 늘었어요. 요즘 작가님의 파워를 실감하고 있습니다."

칭찬에 수줍은 미소를 짓는 작가님의 모습에서 그가 에세이를 쓰기로 한 배경을 짐작할 수 있었다. 그는 인터뷰에 응하는 순간부터 유명 작가가 아니라 한 사람으로서 내 앞에 있었고, 그런 그의 모습을 보면서 긴장감은 자연스럽게 사라지고 있었다.

"작가님, 그럼 작가님의 최근 작품 얘기부터 해볼까 합니다. 작가가 아닌 전성현에 대한 얘기를 하기 위해 만난 자리인데, 작품에 대한 얘기부터 꺼내서 조금 의아하실지도 모르겠어요. 하지만 저는 작가의 모든 인생은 작품에 담겨있다고 생각해요. 그래서 최근 작품에 대한 얘기부터 해보려고 해요."

"아닙니다. 전혀 의아하지 않아요. 소설가로서 내 작품을 독자분들이 읽으실 때, 아마 독자분들마다 느끼는 감상이 다를 거라 생각해요. 그게 소설이 가지는 강점이죠. 반대로 소설 안에 녹아 있는 작가의 이야기를 독자들이 속속들이 알기는 어려울 거예요. 독자분들 모두 자신의 경험과 생각을 바탕으로 작품을 대할 테니까요."

"네, 맞아요. 그래서 작가님으로부터 직접 작품에 대한 얘기를 듣고 싶어요. 더군다나 작가님은 워낙 대중에게 자신의 작품에 대해 얘기하시는 경우가 드무셨잖아요."

"아, 그건 일부러 그런 건 아니니까, 오해는 하지 마세요. 기회가 적었을 뿐입니다. 대신 이렇게 민아 씨 앞에 있잖아요. 마음껏 질문하세요. 성실하게 답변하겠습니다."

"네. 감사해요, 작가님. 작가님은 데뷔 작품부터 지금까지 인간 본성의 따뜻한 마음에 관한 소설을 써오셨고, 평소 운명을 믿기보다 선택을 믿는다는 말씀을 해오셨잖아요? 그런데 최근 작품 '선택'에서는 반대로 사랑하는 사람을 위해 운명을 거스르는 주인공 석준의 모습을 그리셨어요. 이유를 여쭤봐도 될까요? 그동안의 작가님의 작품과는 다른 지점이잖아요."

소설 '선택'은 대학교수인 석준이 프랑스에서 학회

일정을 마치고 한국으로 돌아가기 위해 드골공항에 도착하면서 시작된다. 택시에서 내려 공항으로 들어가려는 찰나 석준의 눈앞에 차도로 뛰어드는 한 어린 아이가 나타나고, 석준은 본능적으로 그 아이를 구하기 위해 몸을 던진다. 아이를 안은 채 도로를 굴러 가까스로 다가오는 버스를 피하는데 성공한 석준은, 아이의 아버지인 집시에게서 소원 수첩을 선물로 받는다. 그리고 또 하나의 이야기를 듣게 되는데, 석준이 타기로 예정돼 있던 비행기는 추락할 예정이고 그 비행기를 탄다면 자신이 죽게 될 것이라는 거였다. 반대로 그 비행기를 타지 않는다면 죽음을 피하는 대신, 자신의 운명이 바뀌게 될 것이라는 거였다.

만약 운명이 바뀌게 되는 선택을 한다면 소원 수첩이 꼭 필요할 것이고, 자신의 이야기를 소원 수첩에 차곡차곡 담아두면 언젠가 간절한 소원을 이루게 된다는 내용이었다.

석준은 그 이야기를 믿지 않았고 예정된 비행기를 타려 했지만, 한국에서 걸려온 동료 교수의 급한 전화를 받게 된다. 연인인 은하와의 약속 때문에 부탁을 거절하려 했지만, 그 순간 집시의 이야기가 떠올랐고, 동료 교수의 부탁을 들어주기 위해 비행 편을 하루 연기하는 선택을 한다. 그리고 사랑하는 연인인 은하에게 전화해 사과를 전한다.

호텔로 돌아와 가까스로 다시 체크인을 하고, 객실로 이동하려는 순간, 로비에서 사람들이 웅성이는 소리를 듣게 되고, 실제로 집시의 말처럼 비행기 추락 사고가 일어난 것을 알게 된다. 다음 날 동료 교수의 부탁대로 일정을 모두 소화하고 드골공항에 도착한 석준은, 집시의 행방을 찾아 헤맸지만 결국 찾지 못한다.

한국으로 돌아온 그는 마침내 뒤바뀐 운명을 맞이하게 되는데, 자신이 그토록 사랑한 은하가 자신의 절친한 친구인 태수의 연인이 되어있었던 것. 석준은 평생을 은하와 태수 곁에서 그들이 사랑하는 모습을 지켜보며 늙어가게 되고, 자신의 삶을 기록한 소원 수첩을 품에 안고 생의 마지막에서야 간절한 소원을 빌게 된다.

석준의 소원은 바로 소설의 첫 장면, 그러니까 드골 공항으로 돌아가 원래 예정되어 있던 비행기를 타는 것. 사랑하는 사람을 평생 지켜볼 뿐 마음껏 사랑하지 못한 자신의 지난 삶보다는, 자신이 죽음으로써 사랑하는 연인의 마음속에 영원히 살아남는 선택을 한 것이다.

은하는 비행기 사고로 목숨을 잃은 연인을 잊지 못하고 평생을 혼자 살아가는데, 생의 마지막 순간에 석준이 기록해 두었던 소원 수첩을 발견하게 되고, 자신의 친구이자 석준의 둘도 없는 친구이기도 했던 태수와 함께 소원 수첩의 내용을 읽어 나간다. 소원 수첩에는 바뀌어 버린 운명 속에서 석준이 은하와 태수를 지켜봐야 했던 슬픔과 자신의 선택을 되돌리기로 한 마지막 소원이 담겨있었다. 간절한 바람대로 석준은 다시 과거로 돌아갔지만, 소원 수첩만은 그곳에 남아 은하에게 전해지게 된 것이다.

"아니요. 다르지 않아요. 제가 평소 운명이 아니라

선택을 믿는다고 말해왔던 건 이런 거예요. 우리는 우리의 삶을 구성하는 지식, 경험, 생각, 견해, 행동양식 등에 의해 매 순간 선택을 강요 받아요. 지금 과거의 선택을 후회한다 하더라도 그 선택을 한 과거로 돌아간다면 우리는 또다시 같은 선택을 하게 될 거예요. 과거 그 시점의 내 삶을 구성하는 지식, 경험, 생각, 견해, 행동양식은 다르지 않을 것이니까요. 우리는 매 순간 가장 나 다운 선택을 하면서 살아가기 때문이죠."

"하지만 '선택'에서는 석준이 과거의 시점으로 돌아가 자신이 했던 선택과 반대되는 선택을 하잖아요. 그것은 작가님 말씀과 다른 것 아닌가요?"

"물론 석준이 과거의 시점으로 돌아갈 수 있는 기회를 얻게 되고, 자신이 했던 선택과 다른 선택을 하죠. 하지만 석준은 자신의 선택으로 인해 바뀐 운명을 돌려놓게 위해 그렇게 했던 거예요. 최초에 자신의 죽음을 피한 그 선택으로 인해 자신의 삶이 달라졌기 때문이죠. 보통은 선택의 결과가 다른 미래를 가져온다고 생각하기 쉽지만, 저는 아니라고 생각해요. 내가 원래 하려던 선택이 아닌 다른 선택을 하게 된다는 것은 내가 과거에 다른 삶을 살아왔다는 것을 의미해요. 즉, 그 선택을 할 수밖에 없었던 지식, 경험, 생각, 견해, 행동양식이 다른 과거에서 비롯되었다는 말이에요. 그러니까 다른 선택은 미래 뿐만 아니라 과거의 나를 바꿔 놓는 일이에요. 정확히는, 과거가 달랐기 때문에 다른 선택을 했던 것이죠."

작가님의 말을 듣는 동안, 특히 그의 반짝이는 눈을 바라보면서, 나도 모르게 설레었고 가슴이 벅차 올랐다. 팬으로서 작가에게 느끼는 감정 이상의 것을 느끼고 있는 것 같아 스스로 조금 부끄러웠고 얼굴이 붉어졌다.

"그래서였군요. 석준은 사랑하는 은하 곁에 남기 위한 선택을 했지만, 은하는 태수를 사랑하고 있었잖아요. 그 선택이 그들의 현재와 미래 뿐만 아니라, 과거를 바꿔 놓았기 때문인 거죠?"

"맞아요, 정확해요. 역시 민아 씨는 제 소설의 팬이 확실하네요."

나를 보면서 미소 짓는 그의 표정에 다시 한번 마음이 흔들린 나는 애써 침착함을 유지하려 노력했다. 그러는 바람에 조금 어색한 표정을 짓고 말았고, 스스로 그것을 느낄 수 있었다. 그런 나를 바라보며 그는 계속 말을 잇는다.

"석준은 죽음을 피해 은하 곁에 돌아왔지만, 그의 친구인 태수와 은하가 사랑하는 모습을 지켜봐야 했어요. 그 모습을 보면서 평생을 불행하게 살았죠. 그는 사랑하는 은하를 한순간도 잊을 수 없었지만 친구인 태수를 배신할 수 없었어요. 하지만 생의 마지막 순간이 되어서는 자신의 선택을 되돌리고자 했어요. 평생을 불행하게 살게 되었던 자신의 선택을 후회한 것이죠."

그의 얘기를 듣는 동안 소설을 처음 읽었던 때의 슬픔과 감동이 되살아났다. 그래서였을까? 우리는 처음 만났을 때와는 전혀 다른 공간에 있는 것만 같았다. 우리를 둘러싼 공기는 조금 전과는 달리 무거워져 있었다. 작가님이 잠시 숨을 돌리는 사이 소설의 다음

이야기는 내가 이었다.

"결국 석준은 죽음을 택했지만, 그의 진심은 수첩에 남아 은하에게 전해졌고 죽은 석준이 은하와 태수가 사랑하는 모습을 지켜보다 생의 마지막에 과거를 되돌리는 선택을 했다는 것을 은하가 알게 되죠. 그 때의 은하는 평생 동안 석준을 잊지 못한 채 살아왔고요."

"맞아요. 평생을 사랑하는 사람을 사랑하지 못한 채로 살기보단 사랑하는 사람이 죽은 자신을 평생 동안 간직하는 선택을 한 것이죠. 그는 죽었고, 은하는 평생 동안 잊지 못했어요. 과거로 돌아가 다른 선택을 한다는 것은 어차피 소설 속에서나 가능한 얘기겠지만요."

"네, 작가님. 자신의 운명을 바꾸는 선택을 한다는 건 애초에 불가능하지만, 우리는 매 순간 가장 나다운 선택을 하며 살아가니까, 과거의 삶이 바뀌지 않는 한 결국 같은 선택을 할 것이라는 것이네요. 중요한 건 과거의 선택을 후회하며 사는 것이 아니라, 다가올 미래에 보다 나은 선택을 하기 위해 오늘을 사는 것이죠. 다가올 선택의 순간의 과거는 바로 오늘의 내 삶이 될 테니까요."

"네, 맞아요. 민아 씨와 얘기를 나누는 이 시간이 제게 아주 소중하게 느껴지는 이유이기도 합니다. 곧 발간될 제 에세이 뿐만 아니라 앞으로의 제 작품 활동의 방향이 어쩌면 이 자리에서 결정될지도 모르니까요."

"저와의 인터뷰에 너무 많은 의미를 두시는 것 아닌가요? 그만큼 매 순간 최선을 다하겠다는 작가님의 의지 정도로 받아들일게요."

인터뷰는 식사 후 간단한 다과와 함께 계속 이어졌고, 데뷔 전 작가님의 삶과 데뷔 후 몇 가지 에피소드에 대해 이야기를 나눴다. 작가님과 3시간이 조금 넘는 인터뷰 동안 나는 마치 꿈속을 걷는 듯한 황홀한 기분이었고, 대화를 할수록 전성현이라는 사람의 매력에 푹 빠지고 말았다.

차라리 모든 게 꿈이라면

"민아야, 어땠어? 오늘 전성현 작가님과 첫 인터뷰였잖아?"

"아, 모르겠어. 잘했는지 잘못했는지… 시간이 정말 빨리 지나가더라구. 내가 준비한 질문들은 다 하지도 못했는데, 작가님 말씀을 듣는 게 좋아서 멍하니 듣고만 있었지 뭐야… 지희 언니한테 오늘 인터뷰 내용을 넘겨줘야 하는데, 머릿속이 복잡해서 어떤 방향으로 정리해야 할지 모르겠어…"

인터뷰를 끝내고 돌아가는 차 안에서 연주에게 전화를 걸었다. 연주는 작업 중이었을 텐데 기다렸다는 듯이 전화를 받았고, 오늘 일에 대해 물어봐 주었다.

"시간이 빨리 흘러갔다는 건, 그만큼 너와 작가님 사이에 대화가 잘 통했다는 것 아닐까?"

"음... 그렇긴 한데, 내가 너무 팬심이 발휘돼서... 인터뷰를 방향에 맞게 주도했어야 하는데... 작가님 말씀이 너무 궁금해 가지구... 계속 '그래서요?', '그래서 어땠는데요?' 막 이러고 있더라구. 아... 다시 생각해 보니... 나 정말 한심해... 망했어."

얘기가 끝나자, 가벼운 웃음과 함께 연주가 대답한다.

"막상 정리해 놓고 보면, 멋진 인터뷰인 거 아냐? 너 인터뷰하고 나면 매번 그러잖아?"

"아니야, 이번에는... 그런데 아직도 가슴이 두근거리는 것 같아. 진정이 안돼. 내가 작가님과 인터뷰를 하다니, 아직도 믿기지가 않아."

"민아 너, 마치 아직 꿈속에 있는 것 같아. 이렇게 들떠 있는 목소리 참 오랜만에 듣는다."

"나 정말 꿈속에 있는지도 모르겠어. 오늘 인터뷰 마치고 지희 언니한테 전화해서 파도소리에 입사하길 정말 잘했다고 얘기했는데, 정말 그런 것 같아… 그런데 들뜬 내 목소리가 오랜만이라면, 내가 이렇게 들떠 있었던 때가 또 있었단 뜻이야?"

"음… 네가 처음 파도소리 입사하던 때? 평소 하고 싶던 출판사 일, 그것도 마케팅 일을 시작하게 됐다고 나한테 자랑하던 바로 그 때."

연주의 말에 나도 모르게 피식, 웃음이 나고 말았다.

"내가 그랬던가? 반대로 말하면 그동안 내가 초심을 잃고 매너리즘에 빠져 있었던 건 아닐까? 출판사에서 마케팅을 하는 것만으로도 그렇게 설레던 나였는데…"

"민아 너, 또…! 그냥 하는 말인데, 확대해석해서 걱정거리 만들고 있어…"

"아, 내가 또 그랬나?"

"그래…! 게다가 문제의 원인을 또 자신에게서 찾고 있잖아. 그러지 말래두…! 그런데 한편으론, 그게 민아네 장점이란 생각도 들어. 너의 그런 태도가 네가 발전할 수 있는 원동력인지도 몰라."

"어머, 감사해요. 연주 언니...!"

"왜 그래 너 또... 나 애늙은이라고 놀리는 거지?!"

"나한테 친한 언니가 둘 있잖아. 지희 언니와 연주 언니..."

"뭐어...?!"

내 애교 섞인 장난을 받아주는 연주의 심술 난 말투가 그저 귀여운 나는, 밝게 웃으며 연주에게 말한다.

"아니야, 연주야. 고마워서 그래. 내 말 잘 들어주고 용기 줘서 고마워!"

"치, 다시 민아 다운 모습으로 돌아왔네. 내일이면 멋진 인터뷰가 정리되어 있을 테니, 오늘은 푹 쉬어."

"알았엉. 정말 그랬으면 좋겠다. 이제 집에 다 왔어. 자세한 건 만나서 얘기해. 주말에 작업실로 갈게."

"그래 알았어. 끊어."

"응."

연주와의 짧은 전화를 마치고 주차장에 차를 세워두고 집으로 향했다. 인터뷰 내내 긴장한 탓인지 평소보다 어깨가 뻐근했고 피곤이 몰려왔다. 노곤한 몸을 이끌고 정원을 지나 현관문에 다다랐다. 거실의 불빛이 현관문의 유리창을 통해 비치는 것을 보니, 오빠는 아직 잠들지 않고 깨어 있는 것 같았다. 현관문을 열고 거실로 향하자 아니나 다를까 내 앞에 오빠가 나타나 오늘 일을 묻는다.

"오늘 잘 했어?"

"응, 오빠. 잘 했지! 누구 동생인데..."

내 대답에 오빠는 자기 일처럼 기뻐하면서 밝은 표정으로 말을 잇는다.

"다행이네. 북 페어에서 전성현 작가를 만난 게 엊그제 같은데, 벌써 첫 번째 인터뷰였다니, 시간이 정말 빠른 것 같아."

"그러네... 북 페어에서 작가님을 처음 만났을 때 얼마나 당황했는지... 거기다 대표님의 지인이기까지 했으니까..."

"그래, 생각난다... 전 작가를 처음 봤을 때 너 정말 당황해서 그 자리에 주저앉는 줄 알았다니까."

오빠의 말에 그때의 기억이 되살아난 나는 조금은 부끄러운 마음에 살짝 얼굴이 붉어진 채 웃으며 말했다.

"맞아. 그때 오빠가 나 잡아줘서 간신히 서있었던 기억이 나."

작고 사소한 일부터 잊지 못할 커다란 기억까지 많은 것을 공유하고 있는 오빠와 나에게, 또 하나의 추억이 더해진 것 같아 기쁘면서도, 한편으론 조금 미안한 마음이 들었다.나에게 항상 힘이 되어 주는 오빠에게 나는 힘이 돼 주지 못하고 있기 때문에.

"오빠는 오늘 어땠어?"

"나? 오늘도 평소와 비슷한 하루였지. 민아 너처럼 꿈같은 일이 내 앞엔 펼쳐지지 않네..."

방금 전까지 밝았던 오빠의 표정이 갑자기 어두워져서, 나는 조금 속상했고 괜한 걸 물어본 것 같아서 미안하기도 했다.

"오빠한테 꿈같은 일은 뭔데?"

"글쎄... 그렇게 물어보니까 막상 떠오르는 게 없네."

가벼운 미소와 함께 다시 밝아진 오빠의 표정을 보

니 조금 마음이 놓였고, 오빠가 더는 힘들어하지 않고 모두 훌훌 털어버릴 수 있었으면 좋겠다고 생각했다.

“연주와는 통화했어? 오늘 인터뷰 궁금해하던데...”

“아까 돌아오는 길에 차에서 통화했어. 연주 작업실에 갔었어?”

“응. 오늘 조금 일찍 마쳐서 작업실에 잠깐 들렀었어. 연주도 요즘 에세이 작업 중이잖아. 작업실 근처 식당에서 밥 먹고 커피 마시고 왔어.”

“어머, 내 정신 좀 봐... 연주도 에세이 작업 마무리 단계일 텐데... 내 얘기만 하다가 끊어 버렸어... 연주 작업은 잘 진행되고 있대?”

“응, 연주 성격 알잖아. 글은 이미 다 써 놓은 상태인데, 퇴고에 시간이 많이 걸리나 봐. 꼼꼼히 확인해서 실수 없이 마무리하고 싶은 거겠지.”

“연주도 신경 많이 쓰이고 예민한 상태일 텐데, 그래도 오빠가 연주한테 다녀왔다니까 조금은 마음이 놓인다. 나도 주말에 가서 맛있는 거 사줘야지. 틀림없이 또 혼자 밥도 잘 안 챙겨 먹고 있을 거야.”

"그래, 그렇게 해."

"오빠, 오빠도 힘들 일 있으면, 나한테 꼭 얘기해! 혹시라도 혼자 고민만 하지 말구. 하나뿐인 동생 뒀다 뭐해?!"

"나한테 힘든 일이 뭐 있어. 요즘 일도 재밌고 하루하루가 즐거운데."

"알지. 알지만 그래두 혹시 일이 잘 안 풀리거나 고민스러운 일이 생길 수도 있잖아..."

이렇게 말하면서도 오빠가 내게 지금의 힘든 마음을 쉽게 털어놓지 않을 거란 걸 알고 있다. 오빠의 고민은 그 누구 때문이 아니라 자기 자신 때문이라서, 자신의 마음이 스스로를 부끄럽게 만들고 있기 때문에, 동생인 나에게도 털어놓지 못하는 것이다. 그런 오빠를 알기에 더욱 안타까운 마음이다.

"그래, 그렇게 할 테니까. 너는 빨리 씻고 자. 내일 출근해서 인터뷰 정리해야 할 거 아냐."

"응, 오빠. 안 그래도 오늘은 너무 피곤해서 아무것도 못하겠어. 오빠도 빨리 자. 내일 출근해야지."

"그래, 나 먼저 방으로 갈게. 잘 자 민아야."

"응. 오빠두."

오빠가 방으로 들어가는 모습을 지켜본 후 나는 피곤한 몸을 이끌고 욕실로 들어가 샤워를 했다. 타월로 머리카락을 말아 올렸지만, 샤워를 하는 동안 빠져나와 젖어버린 머리카락을 끝을 헤어드라이어로 말리고 침대에 누웠다.

그렇게 잊지 못할 나의 하루는 마무리되었고, 이불 속에 몸을 맡기자마자 나는 깊은 잠에 빠져들었다. 아마 오늘은 나에게 있어 가장 아름다운 날로 기억될 것이 틀림없지만, 한편으론 또 한 번의 시련이 다가오고 있는지도 모른다는 생각이 들었다.

다행히 작가님의 인터뷰는 지희 언니 맘에 쏙 들게 작성되었고, 지희 언니의 손길을 거치면서 멋진 이미지와 함께 SNS에 게재되었다. 작가님의 첫 번째 인터뷰를 손꼽아 기다려온 팬들 덕분에 인터뷰는 많은 조회 수를 기록했고 댓글이 끊이지 않았다. 당연히 나의 인터뷰 중 최고의 반응이었다.

인터뷰가 게재된 다음 날 아침, 대표님은 사무실 테이블에 앉아 나를 기다리고 계셨고, 나를 보자마자 칭찬을 아끼지 않으셨다. 사실 나의 성공보다는 유명한 작가를 인터뷰할 기회를 얻었기 때문이라는 것을 알았지만, 칭찬을 듣는다는 건 언제나 기분 좋은 일이고 이렇게 좋은 일이 나에게 언제 다시 올지도 모르니까 맘껏 즐겨야겠다고 생각했다.

대표님 칭찬에 조금 잘난 척을 보태서 넉살을 부렸더니 사무실 안은 웃음꽃이 가득 폈다. 특히 지희 언니가 깔깔 넘어갔는데, 그렇게 밝게 웃는 언니를 참 오랜만에 봐서 기분이 좋았다.

작가님과 인터뷰는 다음 주에도 이어질 예정이었기 때문에 작가님에게 연락해 다음 주 스케줄을 정했다. 워낙 바쁜 작가님이라 연락이 바로 이뤄지지 않았기 때문에 메시지를 남기고 회신을 받는 식으로 연락하다 보니, 통화보다는 자연스럽게 메시지를 주고받게 되었다. 그게 나에게나 작가님에게나 편한 방식이었다. 그리고 그렇게 연락을 주고받으면서 점차 서로에게 친근함을 느꼈고, 연락을 하는 주기가 점점 짧아졌으며, 연락하는 시간은 아침부터 밤늦은 시간까지 이어지기도 했다. 어쩌면 나는 오빠 말대로 작가님과의 꿈같은 시간을 즐기고 있었는지도 몰랐다. 마침내 깨게 될 꿈이라는 것을 애써 외면한 채로.

"연주야 나왔어!"

"민아야 왔어?"

작업실에 도착하자마자 연주의 이름을 부르자, 부스스한 머리의 연주가 거실로 나와 나를 맞이했다.

"뭐 하고 있었어? 설마 이 시간까지 자고 있었던 거야? 벌써 오후 2시야."

"아, 그런가... 오늘 늦잠 좀 잤어. 어제 새벽이 돼서야 잠들었거든."

"웬일이야? 너처럼 잠 많은 애가? 밥은 안 먹어도 잠시간은 잘 지키잖아?"

"그런가... 내가 그랬구나..."

확실히 평소와는 다른 연주를 의아하게 바라보며 내가 다시 묻는다.

"응? 너 왜 그래? 이상해... 무슨 일 있는 거지?"

"무슨 일? 있지, 있어... 사실 나... 어제 퇴고 마쳤어."

"아악! 정말? 축하해 연주야!"

"어머! 귀 따가워. 얘는... 그렇게 가까이서 소리 지르면 어떡해?!"

"좋아서 그러지! 잘 됐다. 그럼 완전히 마무리된 거야?"

"응. 어제 퇴고 끝내자마자 이메일로 전송 완료했어."

"정말 축하해! 연주야. 우리 맛있는 거 먹자."

퇴고 소식에 내가 밝게 웃으며 축하를 전하자, 연주는 멋쩍은 표정을 지으며 말한다.

"그래, 가자. 어제 네 인터뷰 게재된 것도 봤어. 멋지던데? 반응도 끝내주고 말이야. 그것도 같이 축하하자."

"그 와중에도 그걸 확인했어? 고마워 연주야..."

"치, 우리 사이에 뭘... 빨리 나가자."

"응, 히힛."

나와 연주는 작업실에서 나와 근처 식당가로 이동했다. 연주가 먹고 싶다던 멕시코 음식점에서 타코와 파히타 그리고 퀘사디아를 먹었다. 함께 곁들인 코로나 맥주는 더할 나위 없었고, 함께 먹고 마시는 동안 웃음꽃이 핀 우리는 대화를 나누는 동안 계속해서 서로의 배꼽을 붙잡고 있어야 했다.

배불리 먹고 자리를 옮겨 들른 카페에서는 서로의 작업, 그러니까 연주의 에세이와 나의 인터뷰에 대해서 이야기를 나눴다. 그리고 이야기의 마지막 즈음에 연주는 며칠 전 있었던 오빠와의 일을 조심스럽게 꺼냈다.

"얼마 전에 민오 오빠가 작업실에 왔었어. 민아 네가 전성현 작가님과 인터뷰하던 날."

"알아. 오빠한테 들었어."

"훗, 그랬구나... 역시 너희 남매 사이에는 서로 비밀이 없다니까..."

"뭐, 그게 하루 이틀 일이야. 근데 왜? 오빠랑 무슨 일이라도 있었어?"

"글쎄, 오빠와 무슨 일이 있었던 건 아니고..."

"응? 그럼 뭔데?"

"사실 나랑 민오 오빠, 예전에도 친했지만 지원 언니가 유학 간 이후로 더 자주 어울렸던 거 너도 알지?"

"응? 그럼, 그거야 내가 잘 알지. 그런데 왜?"

"오빠랑 자주 밥도 먹고 드라이브도 하다 보니까, 내 차에 오빠 휴대폰, 오빠 차에 내 휴대폰이 서로 블루투스로 연결이 돼있어. 차에서 서로 좋아하는 음악을 듣는 경우가 많았거든."

"그래? 둘 다 차에서 음악을 즐겨 들으니까, 그럴 수 있겠네."

"그렇지, 근데 그날은 오빠가 나 만나고 민아 너 인터뷰 마치기 전에 집에 가 있겠다고 해서, 식당이랑 카페로 이동할 때 각자 차를 가지고 갔었거든."

"아, 그래? 카페에서 바로 집으로 오려고 그랬나 보네?"

날씨는 더웠지만 오늘따라 따뜻한 게 당겨서 주문한 카페라떼를 홀짝거리면서 연주 얘기를 듣고 있는

데, 방금 전까지 밝았던 연주의 목소리에서 다른 분위기가 느껴져서, 연주 얼굴 대신 카페라떼의 하트 모양의 스팀밀크를 바라보며 대답했다.

"카페에서 나와서 차에 타자마자 블루투스가 연결됐는데, 내 휴대폰이 아니라 오빠 휴대폰이 연결돼 버린 거야."

"어머, 그렇게도 되는구나. 차가 바로 옆에 있었나 보네? 그럼 오빠 차엔 네 휴대폰이 연결됐을까?"

"글쎄, 그건 모르겠네... 하지만 잠깐이었어. 내 차에 오빠 휴대폰이 연결된 거. 얼마 있지 않아 내 휴대폰이 연결됐거든. 그런데 그 잠깐 사이에..."

"잠깐 사이에...?"

카페라떼를 바라보던 내가 머뭇거리는 연주를 바라보면서 물었다. 연주의 표정은 마치 오빠의 요즘 표정을 보는 것 같아 마음이 무거웠다.

"내 차에 오빠 휴대폰이 연결된 잠시 동안, 지원 언니의 목소리를 들을 수 있었어. 카페에서 나와서 차에 타자마자 지원 언니가 오빠에게 전화를 걸어왔던 것 같아."

"카페에서 나올 때쯤이면 뉴욕은 아침 시간이었겠다. 아침에 언니가 오빠에게 전화를 걸었던 거구나?"

"그렇지. 전혀 이상할 것 없는, 연인에게 거는 전화 속의 지원 언니 목소리는 참 편안하게 들렸어. 언니만의 자신 있고 여유로운 톤도 그대로였고..."

"그런데?"

"음... 그런데, 목소리를 듣는 그 잠시 동안, 아니 그 목소리를 듣고 난 뒤부터 지금까지, 내가 왜 이렇게 초라하게 느껴지는지 몰라. 난 지금 무엇을 바라보고 있는지 무엇을 기대하고 있는지 나 자신에게 묻게 됐어. 내가 이뤄지지 않을 바람과 부질없는 기대를 하고 있는 게 아닐까, 하는 생각이 들었고..."

연주 얘기를 듣고 무슨 말을 해주어야 할지 몰랐다. 나보다 내 마음을 잘 알고, 힘든 일이 있을 때면 내가 말하기도 전에 항상 먼저 다가와 위로의 말을 전해주곤 했던 연주인데, 내가 연주의 상황이라면 틀림없이 연주는 나에게 무슨 말이든 해주었을 텐데... 나는 연주에게 아무런 말을 할 수가 없었다. 연주의 얘기를 들으면서 홀짝홀짝 마시던 카페라떼는 어느새 하얀 잔 바닥을 들어내고 있었다. 어쩌면 난 연주가 이 얘기를 꺼내지 않길 바랐는지도 모른다. 하지만 한편으론 언젠가 닥치게 될 일이라는 것 역시 알고 있었다.

연주의 얘기가 끝나고 우리 사이에는 잠시 동안 정적이 흘렀다. 그 어색한 잠깐의 시간을 견디어 낸 나는 갑자기 오빠가 미워졌다. 이 얘기만큼은 연주가 아니라 오빠에게 먼저 듣고 싶었다. 연주가 더 깊은 상처를 받기 전에 오빠에게 해주고 싶은 말이 있었기 때문에.

어색한 정적을 깬 건 연주였다. 나는 그런 연주가 그저 고마웠다.

"다음 주 전성현 작가 인터뷰는 어떻게 진행할 셈이야?"

연주는 애써 쌩긋 웃으면서 내게 물었다.

"아... 인터뷰? 다음 주부터는 작가님이 어떻게 처음 글을 쓰게 되었는지, 작가가 되기로 결심한 이유는 무엇인지, 작가님 소설에서 한결같이 말하고자 하는 따뜻한 마음이란 무엇인지, 그 따뜻한 마음에 관한 얘기들이 우리 삶과 세상에 어떤 영향을 미치기를 원하는지에 대해서 차근차근 물어볼 생각이야. 작가님의 팬으로서."

"언제는 팬심이 너무 발휘돼서 인터뷰를 망쳤다고 하지 않았어?"

좀 전의 어두운 표정은 완전히 사라지고, 평소의 모습으로 돌아온 연주가 장난스런 표정으로 말했고, 나는 조금은 어색한 미소를 지으며 대답했다.

"아... 내가 그랬었지... 근데 대표님도 지희 언니도 내가 작가님에 대해 많이 알고 좋아하는 만큼, 깊이 있는 얘기들이 나온 것 같다고 좋아해 주시더라구. 그래서 그냥 팬심에 푹 빠져서 계속 가볼 생각이야."

"마치 꿈속에 있는 것처럼?"

"너 또 비웃는 거지?! 그래. 이번에는 맘껏 비웃어도 좋아. 연주 네 말대로 마치 꿈속에 있는 것 같은 기분으로 또 한 번 멋지게 인터뷰해 볼 테니까!"

"멋지네, 서민아. 그래, 그렇게 네가 하고 싶은 데로, 하고 싶은 거 맘껏 해봐. 나중에 후회하지 않도록."

"그래, 내가 항상 좌충우돌에 덤벙 덤벙대서 매번 후회할 일들 투성이지만, 이번에는 절대 후회하지 않도록 정말 열심히 해볼 거야."

"그래, 그렇게 해. 나도 너처럼 후회하는 일 없도록 뭐든지 열심히 해 볼게. 그래서 말인데, 이번에 에세이 출간에 맞춰서, 나... 전시회도 열 거야."

"응? 정말? 언젠가는 전시회도 열거라고 하더니, 그게 벌써 준비된 거야? 글 쓰느라 시간도 없었을 텐데, 대체 언제 전시회를 열 정도로 그림을 그린 거야?"

"뭐 대단한 건 아니고, 조그마한 전시회일 거야. 그림은 글 쓰는 동안 틈틈이 그린 거, 너도 잘 알잖아."

"그럼 알지. 대견해서 그러지. 우리 강연주."

작은 출판사에 입사해서 겨우 제 몫을 해내고 있는 나에 비해 작가 강연주는 참 큰 사람이란 생각에 연주 얼굴을 한동안 바라보았다. 긴 생머리를 늘어뜨린 하얀 피부의 그녀는 정말 사랑스러웠다. 이런 연주를 사랑한다면, 사랑할 수밖에 없다면, 그 마음을 한편으로 이해할 수 있을 것 같았다.

"어쩌면 말아야, 정말 꿈속에 살고 있는 사람은 내가 아니라, 연주 너 인지도 몰라. 넌 현실에서 꿈을 하나하나 이뤄가고 있잖아."

"그런가… 민아 네 말대로 내가 꾸는 꿈들을 하나하나 이뤄가다 보면, 언젠가는 원하는 모든 것을 얻을 수 있을까? 우리가 살면서 꾸는 꿈들을 모두 이룰 수 있는 건 아니겠지?"

"그건 그렇지… 그러니까 자신이 이룰 수 있는 꿈을 꿔야지. 내가 너처럼 작가가 되겠다는 이룰 수 없는 꿈을 꾸지 않는 것처럼."

"치, 너는 작가보다 더 잘할 수 있는 일이 있잖아. 너는 지금처럼 너만의 꿈을 하나하나 이뤄가. 지금처럼 사랑하는 네 일 열심히 하면 돼. 마치 꿈속에 있는 것처럼."

"그래. 차라리 모든 게 꿈이라면 좋겠다. 그것도 절대 깨지 않는 꿈."

마지막 말에 연주는 나를 바라보며 말없이 미소 지었고 그 모습을 보면서 함께 미소 지었다.

연주시차

본격적인 무더위가 찾아오면서 매일 출장을 다니는 일이 점차 힘겹게 느껴졌다. 자동화 제조설비의 수요가 늘어나면서 출장 대상 업체 수가 늘어난 탓이다. 회사의 매출은 크게 늘었고 신규직원도 대거 채용되었다. 회사의 성장과 더불어 김주현 과장은 차장으로 승진했고 설비 팀의 팀장이 되었다.

김 팀장은 팀의 목표와 팀원들의 일정을 관리하기 위해 사무실에 잔류하게 되었는데, 간혹 출장을 나가게 되는 때는, 기존 거래처의 급한 클레임을 처리하거나 신규직원에 대한 교육을 위한 경우로 한정되었다.

그런 김 팀장 덕분에(?) 나는 출장 파트너를 잃게 되었고, 신규직원의 교육이 끝나기 전까지 당분간 혼자 출장을 다니게 되었다.

"민오야, 요즘 고생이 많지? 조금만 기다려. 내가 이번 신규직원 중에서 가장 똘똘한 녀석으로 보내줄 테니까!"

"하이고, 됐네요. 요즘 혼자 다니는 것도 제법 적응돼서 힘든지도 모르겠어요."

김 팀장은 혼자 출장 다니는 내가 안쓰러운지 괜스레 전화를 걸곤 한다. 오늘도 점심 식사시간에 이런저런 일들을 핑계로 전화를 걸었다.

"너 그러다 병 나. 업무도 운전도 좀 쉬어가면서 해야지.아... 근데 나는 아무래도 출장 체질인가 봐. 사무실에만 있으니까 좀이 쑤셔서, 죽겠다 아주."

"아니 좀 전까지 혼자 출장 다닌다며 걱정해 주시던 분이 이제는 사무실에 있는 게 힘들다고요? 저 놀리시려고 그러는 건 아니죠?!"

"아니야 아니야, 그렇게 들렸냐? 그럼 미안하다."

“아니에요. 그냥 농담한 거예요.”

김팀장의 사과에 웃으며 대답했다.

“아하, 그러냐? 너는 항상 농담을 진담처럼 하더라. 너는 너무 진지한 경향이 있어.”

“뭔 소리예요? 농담을 못 알아듣는 사람이 문제지. 그리고 선배는 진담을 농담처럼 하잖아요.”

“헤헤, 그건 또 그러네. 그래도 같이 출장 다닐 때 재밌었잖냐. 이왕에 매일 다니는 출장, 재미라도 있어야지.”

“뭐 그건 그렇죠. 근데 선배 안 바빠요?”

“응? 왜?”

“점심시간 지난 지 한참 됐는데, 이렇게 통화하고 있어도 돼요?”

“어? 아이고, 내 정신 좀 봐. 오후 회의 들어가야 되는데, 그럼 끊는다. 수고해!”

“네, 수고해요!”

언제나 인간미 넘치는 김 팀장은 함께 출장 다니기에 더할 나위 없이 좋은 사람이지만, 팀원들을 챙기고 보듬을 수 있는 큰 사람이기 때문에 누구보다 팀장 역할을 잘 수행할 수 있을 것이다. 승진 발령이 났을 때도 함께 출장 중이었는데, 소식을 듣고 얼마나 기뻤는지 내가 먼저 저녁에 소주 한잔하자고 권했고, 바로 그날 저녁 기분 좋게 취한 채 집으로 돌아갔었다. 입사해서 아무것도 모르던 나를, 이렇게 혼자서 자기 몫을 다할 수 있도록 묵묵히 뒤에서 도와준 김 팀장에게 항상 고마운 마음이다.

통화를 위해 잠시 세워 뒀던 차의 시동을 다시 걸었다. 오후 출장지로 가는 길에 신규직원 때 있었던 여러 가지 일들이 떠올랐다. 처음이어서 실수도 많았고 그걸 해결하느라 끙끙 앓기도 했다. 김 팀장과 의기투합해서 어려운 과제들을 해결해 나갔던 기억들… 당시에는 힘들었지만 지나고 나니 추억으로 남은 순간들이었다.

그러다 또다시 연주가 생각났고 그녀와의 추억이 떠올랐다. 연주가 대학에 입학해서 처음으로 우리 동아리에 왔던 날이었다.

"오빠!"

"민아야, 오늘 오후 수업 있다더니 일찍 끝났나 보네?"

"응. 첫 수업이어서 교수님이 일찍 마쳐 주셨어. 나 생각해 봤는데, 아무래도 오빠 동아리에 가입해야겠어."

"응? 여기 천문동아리야. 너 천문학에 아무런 관심 없잖아? 너 좋아하는 댄스나 테니스 이런 거 찾아봐. 너는 망나니처럼 막 뛰어다니는 게 어울려."

"오빠! 세상에 동생한테 망나니라고 하는 사람이 어딨냐?!"

"그런가... 내가 말이 좀 심했나? 미안, 근데 왜 갑자기 우리 동아리에 가입하려는 건데?"

"사실은 연주가... 연주가 천문동아리에 가입하자고 해서... 가입하고 싶은데 혼자는 못하겠다고 하잖아."

"연주?"

민아 말을 듣고 연주라는 아이를 떠올리는 데 조금의 시간이 걸렸다. 어릴 때부터 민아와 잘 어울려 지내던 연주를 떠올렸다. 연주가 가입하자고 졸라서 따라온 민아를 보니, 친구 손에 이끌려 동아리 문을 두

드리던 신입생 시절 내 모습이 떠올라 작은 미소가 지어졌다.

"오빠! 설마 연주를 기억 못 하는 건 아니지?"

"기억하지. 너랑 단짝이었잖아?!"

"아닌데... 기억 못 하는 거 같은뎅."

"응? 무슨 소리야?"

어리둥절한 내 모습을 보고 재밌다는 듯 웃고 있는 민아를 멍하니 쳐다보다, 조금 전부터 민아 옆에 누군가가 서있었다는 것을 알아차렸다.

흰색 티셔츠 위에 감색 니트 티와 발목이 훤히 드러나 보이는 청바지를 입은 그녀는 아직 앳된 모습이었지만, 과거 내가 알고 있던 어린아이의 모습은 아니었다. 훌쩍 자라 어여쁜 모습으로 성장한 그녀는 내가 어릴 때부터 보아왔던 연주가 틀림없었다.

"연주야! 이게 얼마 만이야? 잘 지냈어?"

"오빠 이제야 저 알아본 거예요?"

뒤늦게 연주를 알아보고 놀란 내 표정을 보고 연주와 민아가 까르르 웃는다. 둘 다 어느새 훌쩍 자라서 성숙한 여성의 모습을 갖춰가고 있었지만, 서로 마주 보며 웃는 모습은 아직도 어릴 때와 같은 귀여운 모습이다.

조금 무안해진 나는 민아와 연주를 동아리방 안으로 안내해 가입 신청서를 적게 했다. 필요한 사항만 간단히 작성한 민아와는 달리 연주는 평소 가입하고 싶은 동아리여서인지 자기소개와 지원 동기 란을 빼곡히 채워서 제출했다.

그 모습을 보고 나는 간단한 천문 지식을 알려주겠다며 한 가지 얘기를 꺼냈다. 생각해 보면 조금의 장난기가 발동했던 것 같다.

민아가 먼저 가입 신청서를 작성하고 동아리방에 전시된 별자리 지구본과 소형 망원경과 같은 것들을 살펴보는 사이, 막 가입 신청서를 작성한 연주 앞에 작은 마트료시카 인형 두 개를 나란히 놓았다. 마트료시카 인형은 동아리 선배가 러시아 배낭여행 때 기념품으로 사 온 것인데, 동아리방에 전시되어 있었다. 러시아 전통 인형인 마트료시카는 귀여운 생김새의 인형을 위아래로 분리하면 같은 생김새의 인형이 반복적으로 나오는 재미있는 인형인데, 동아리방의 그것은 인형 여덟 개가 하나로 합쳐져 있는 것이었다. 나는 그 중에서 중간 크기의 인형 하나를 놓고, 그보다 작은 인형 하나를 먼저 놓은 인형의 왼쪽 뒤에 숨기듯 놓으면서 말했다.

"연주야, 오른쪽 눈을 감아봐."

"네에? 오른쪽 눈이요?"

가입 신청서를 막 제출한 연주는 갑작스러운 내 말에 당황한 표정으로 대답했다.

"어서, 오른쪽 눈을 감아봐."

"네에, 오빠."

재촉하는 내 말에, 연주가 짧은 대답과 함께 오른쪽 눈을 감았다.

"테이블에 놓인 인형을 봐. 몇 개로 보여?"

"아... 인형이요? 하나 아니에요?"

인형을 바라보고 대답하는 연주에게 다시 내가 말한다.

"그럼, 이제 왼쪽 눈을 감아봐. 인형이 몇 개로 보여?"

"네에... 어머 오빠, 뒤에 인형이 숨겨져 있었네요?"

"하하. 그렇지? 오른쪽 눈을 감았을 땐 뒤에 작은 인형이 보이지 않았지?"

"네, 전혀 보이지 않았어요. 그런데 오른쪽 눈을 뜨고 왼쪽 눈을 감았을 땐 숨겨진 인형이 보이네요. 뒤에 작은 인형이 숨겨져 있는 줄은 전혀 몰랐어요. 그나저나 인형이 너무 귀여워요?!"

"마트료시카라는 러시아 전통 인형이야. 연주 네가 오른쪽 눈을 감았을 땐 좀 더 왼쪽에서 사물을 봤던 거고, 왼쪽 눈을 감았을 땐 좀 더 오른쪽에서 사물을 봤던 거야. 바라보는 방향에 따라서 사물의 위치가 달라 보이는 거지."

"정말 그러네요?! 신기하다. 이거 마치 간단한 마술 같아요."

신기해 하는 연주의 표정을 흐뭇하게 바라보면서 내가 말한다.

"그래 마술 같지만 여기에 간단한 천문학 지식이

숨겨져 있어. 지구가 1년에 한 바퀴 씩 태양 주위를 도니까 6개월에 한 번씩 지구는 태양을 중심으로부터 반대편으로 위치하게 돼. 그때마다 지구에서 보이는 별의 위치는 달라져."

"아 그렇구나, 마치 오른쪽 눈을 감았을 때와 왼쪽 눈을 감았을 때 인형의 위치가 달라 보였던 것처럼 별의 위치도 달라질 수 있는 거네요..."

"그렇지, 그런데 별의 위치가 달라 보이는 정도는 별의 거리에 비례해. 오른쪽 눈을 감았을 때와 왼쪽 눈을 감았을 때 가까이 있는 인형의 위치는 달라 보이지만, 멀리 있는 산봉우리의 위치는 달라지지 않는 것처럼."

"아, 그렇구나. 가까이 있는 별일수록 위치가 달라 보이는 정도가 큰 거네요?"

"맞아, 바로 이걸 천문학에서는 연주시차라고 해."

"연주시차... 요?"

"그래 연주시차, 네 이름을 닮았지?"

연주시차라는 이름을 듣고 연주는 또다시 까르르

웃으며 대답한다.

"정말 그러네요 오빠."

연주와 내가 마트료시카를 사이에 두고 얘기를 나누는 사이, 우리 곁에 다가온 민아가 함께 웃고 있는 우리를 보고 의아한듯, 마치 질투하는 것 같은 목소리로 말한다.

"뭔데? 왜 둘이서만 재밌는 건데?! 나도 알려줘. 뭐야? 응?"

별일 아닌 일에 호들갑을 떠는 민아가 재밌어 또 장난기가 발동한 나는, 연주를 보며 민아를 놀리 듯 말한다.

"이걸 알려줘야 하나...? 연주야 어떻게 생각해?"

"음... 쉽게 알려줄 수는 없죠?!"

서로를 바라보며 다시 미소 짓는 나와 연주를 보며, 민아는 알려 달라고 재촉했고, 수업 시간이 다 된 나는 민아를 뿌리치고 동아리방을 나왔다. 내가 가버리자 민아는 연주에게 알려 달라고 떼를 쓰기 시작했고, 나는 그 모습을 뒤돌아보면서 강의실로 걸어갔다.

지금 돌이켜 보면 그때가 연주를 다시 만나게 된 동시에, 그녀를 보며 설레기 시작한 날이었던 것 같다.

"연주야!"

"어머! 오빠, 이 시간에 웬일이야?"

"내일이 네 전시회 개막이잖아? 응원하러 왔지."

"참 오빠도... 개막이라고 하니까 마치 대단한 전시회 같잖아. 봐 이렇게 그림도 몇 개 없구... 에세이 출간에 맞춰서 준비한 작은 이벤트 같은 전시회일 뿐이야."

"무슨 소리야, 내가 네 그림 실력을 아는데. 개막이라는 말이 충분히 어울릴 멋진 전시회 일거야, 틀림없이. 그리고 이거 받아."

"와~! 예쁘다. 뭘 이런 것까지 준비했어?! 암튼 고마워 오빠!"

연주의 전시회는 강변에 위치한 작은 카페에서 열릴 예정인데, 이곳은 카페이긴 하지만 전시회를 비롯한 각종 행사가 자주 열리는 곳으로, 연주의 그림들을 걸어 둘 충분한 공간이 마련돼 있었다. 그리고 강을 바라보는 조망 덕분에 많은 사람들이 찾는 곳이기도 했다.

나는 이곳으로 오기 전 꽃집에 들러 연주에게 줄 축하 꽃다발을 하나 샀다. 연분홍색 장미와 분홍색 미니장미, 퐁퐁국화, 리시안셔스, 하늘색 옥시 등이 사랑스럽게 어울려있는 파스텔톤의 꽃다발이었다. 꽃집에 도착해서 꽃을 잘 알지 못하는 내가 어떤 것을 골라야 할지 난감해하고 있을 때, 주인분께서 전시회 꽃다발로 잘 어울릴 만한 것을 추천해 주셨다.

꽃을 받고 향기를 맡아보고는 꽃다발을 바라보며 밝게 웃는 연주가 예뻐서 그 모습을 멍하니 바라보았다.

연주는 고개를 들고 나를 바라보며 묻는다.

"오늘 일은 어쩌고 여기 온 건데? 그 김 팀장인가 하는 분한테 혼나는 거 아냐?"

"뭐 그럼 좀 혼나지 뭐. 오늘 같은 날."

"뭐어?!"

나를 보며 타박하듯 내뱉은 연주에 말에, 내가 여유로운 웃음을 지으며 답한다.

"걱정 마. 일 빨리 끝내 놓고 현장에서 바로 퇴근해서, 일찍 올 수 있었던 거야. 그나저나 연주 넌 전시회 준비 벌써 끝낸 거야? 지금쯤 오면 도와줄 게 있을 줄 알았더니… 너도 참 대단하다."

"뭘, 내일이 전시회인데, 당연히 지금 준비가 다 돼야 하는 거 아냐? 오빠야말로 해야 할 일이 있으면 미룰 줄 모르는 급한 성격이면서…!"

"내가 그런가? 그런 성격이라면 내가 널 닮았나 보다."

"치이, 아무튼 지금 전시회 준비는 다 끝났고 도울 것 없으니까 맛있는 거나 사줘."

"그래, 알겠어. 나가기 전에 그림들 한번 보고 갈게."

"좋아. 조금 부끄럽긴 하지만."

연주의 그림에는 화려한 색감의 배경 속에 한 여성의 모습이 자주 등장했다. 그림 속 여성은 긴 머리카락으로 얼굴을 숨기고 있었고, 표정도 드러나지 않았다. 뭔가를 감추고 있는 듯, 감정을 드러내지 않은 얼굴 모습에서 왠지 모를 쓸쓸함과 슬픔이 느껴졌다. 또한 화려한 색감의 배경은 마치 미지의 세계를 탐험하는 것만 같았고, 비밀을 품고 있는 듯 쓸쓸하고 슬픈 감정을 이끌어내고 있었다.

나는 한동안 말없이 그림들을 감상하다가, 고개를 돌려 연주를 바라봤다. 반대쪽에 위치한 자신의 그림들을 향해 서있는 그녀의 뒷모습이 사랑스러워, 또다시 그녀를 품에 안고 싶어졌다. 용기를 내 그녀를 안았던 순간들이 머릿속을 스쳐갔고, 가슴 떨리던 기억이 되살아났지만, 왠지 모르게 지금은 그녀를 안을 수가 없었다. 그때 연주가 나를 돌아보면서 말했다.

"오빠, 내 그림들 어때? 잘 그리지 못했고, 좋은 작품들은 아닌 것, 나도 잘 알아. 그래도 이 그림들은 나 자신을 표현하는 그림들이야. 나의 모습과 내가 바라보는 풍경, 그리고 내 마음이 담겨있어."

"훌륭해."

"응?"

속삭이듯 대답한 나의 말을 제대로 듣지 못한 연주가 되물었다.

"훌륭하다고, 너의 그림들."

이제야 내 말을 알아들은 연주가 엷은 미소를 지으며 말한다.

"왜 그렇게 속삭이듯 얘기하는데?! 마지못해 그렇게 얘기하는 거 아니야?"

"그런 건 아니야. 너 자신을 표현한 그림이라고 했지? 그림 속에 나타난 여성은 자신의 감정을 숨기고 있고 풍경들은 쓸쓸하고 슬픔이 느껴져."

"그렇게 느껴져? 그림은 보는 사람의 시선에 따라 다르게 느껴지기도 해. 내가 의도했든 아니든 오빠가 보는 그림에서 그런 감정이 느껴졌다면, 오빠의 마음이 그래서 인지도 몰라..."

"그래. 정말 그런 지도 모르겠네."

연주의 그 말에 나는, 마치 내 마음을 들킨 것만 같아 얼굴이 붉어지고 말았다. 그렇게 나는 연주와 거리를 둔 채, 그림들을 바라보며 한동안 말없이 서있었다.

"오빠, 이제 밥 먹으러 갈까?"

"그래, 그러자."

침묵을 깬 연주의 말에 나는 빙그레 웃으며 대답했다.

식사는 연주가 좋아하는 마르게리타 피자와 해산물이 들어간 바질 페스토 오일 파스타였다. 식사를 마치고 커피와 홍차를 마시는 동안 연주는 자신의 책을 나에게 내밀었다.

"오빠, 내 두 번째 에세이야."

그녀가 졸업과 함께 내놓았던 첫 번째 에세이는 어린 시절 겪었던 자신의 이야기였다. 소중한 것을 잃었던 자신의 기억들... 그 아픔을 스스로 위로하고 치유했던 경험을 담담하게 써낸 작품이었다. 우리는 살면서 많은 상실을 경험한다. 그 상실은 가깝게 정을 나누던 가족을 다른 세상으로 보내야 했던 기억일 수도, 한 식구나 다름없었던 반려견을 잃은 경험일 수도, 그리고 사랑하는 사람을 곁에서 떠나보내야 했던 아픔일 수도 있다. 그녀의 솔직하고 담백한 이야기는 많은 사람들의 공감을 얻었고 덕분에 연주가 작가 강연주로서 세상에 존재하게 되었다. 그리로 이렇게 두 번째 에세이를 내놓을 수 있도록 해주었다.

그녀의 두 번째 이야기가 몹시 궁금했지만 내용을

묻지 않았다. 직접 읽고 싶었기 때문이기도 했고, 묻지 않아도 내용을 짐작할 수 있을 것 같았기 때문이었다. 그것은 내가 가까이서 지켜본 그녀의 모습과 오늘 본 그녀의 그림에서 묻어나는 쓸쓸함과 슬픔 때문이기도 했다. 그런 그녀를 위로할 수 없었다. 어쩌면 그녀의 모습과 감정들이 나로 인한 것일지도 모르기 때문에.

그럼에도 불구하고 연주와의 식사와 대화는 언제나처럼 밝았고 즐거웠다. 연주와 함께 있는 시간은 항상 나를 설레게 만들기 때문에.

연주와 작별 인사를 하고 돌아오는 차 안에서 또다시 흐르는 눈물을 닦아냈다. 그리고 나와 연주에 대해 생각했다. 연주를 보면서 설레는 나는, 그녀를 그저 그렇게 바라볼 수밖에 없었다. 용기를 내어 그녀의 손을 잡고 품에 안은 기억은 잊을 수 없는 아름다운 기억으로 남아 있지만, 그녀와 나 사이의 거리는 좁혀지지 않았다. 나와 연주 둘 모두 그 거리에서 서로를 향해 한 발도 떼지 못했다. 우리에겐 그럴 의지가, 그럴 용기가 없는지도 몰랐다.

나의 SUV는 어느새 집 앞에 도착해 있었고 나는 무거운 발걸음으로 익숙한 마당을 지나 집으로 향했다. 한 여름밤의 정원은 밝은 조명 빛 아래 푸르름이 짙게 내려 있었다. 초록이 가장 선명한 지금, 어찌할 수 없는 혼란스러운 감정도 절정에 다다르고 있었다.

집 안으로 들어서자 민아가 보였고, 민아는 마치 나를 기다리고 있었던 사람처럼 나에게 말을 건넨다.

"연주한테 들른다더니 일찍 왔네?"

"어, 밥 먹고 앉은 자리에서 커피 마시고 바로 헤어졌어. 민아 넌 오늘 일 마치고 바로 집에 온 거야?"

"응, 외근 갔다가 바로 집에 왔어. 와서 간단하게 저녁 먹고 연주 책 읽는 중이야."

민아는 연주의 두 번째 에세이를 손에 들고 있었고, 책의 가운데에는 종이 책갈피의 끝부분이 살짝 튀어나와 있었다.

"오빠, 우리 맥주 한잔할까?"

"그래, 좋아."

민아는 맥주를 냉장고에서 꺼냈고, 나는 땅콩 캔을 따서 내용물을 접시에 담았다. 우리는 맥주를 하나씩 비워내면서 서로의 일에 대한 이야기를 했다. 나는 설비팀에서 현장 업무를 충분히 익혔기 때문에 개발팀에 지원하고자 하는 속내와 함께 김주현 팀장과 개발팀 정 부장님과 어느 정도 얘기가 되었다는 것을 알려주었다. 민아는 전성현 작가와의 인터뷰가 마무리 단계로 접어들고 있는 것에 대한 소회와 전 작가가 데뷔하게 된 계기, 정확히는 글을 쓰게 된 이유에 대해 들은 것을 말해주었다.

“작가님에겐 어쩔 수 없는 상황 때문에 사랑하는 사람을 마음에서 떠나 보내야 했던 일이 있었어. 그때 작가님은 매우 불안정한 상태였고 애써 밝은 모습으로 지내려 노력했지만, 혼자만의 시간이면 남몰래 많은 눈물을 흘렸고 극심한 우울 증세 때문에 좋지 않은 생각까지 했다고 해. 하지만 내 생각에 작가님은 건강한 사람인 것 같아. 그때 작가님은 극심한 우울 증세가 왜 사람으로 하여금 극단적인 선택을 하도록 만드는지를 이해하게 되었다고 해. 하지만 작가님은 그것을 실행에 옮기려는 생각 따위는 하지 않았어. 그리고 그 아픈 마음을 치유하기 위해서 글을 쓰기 시작한 거야."

전 작가의 이야기를 담담하게 전달하는 민아의 모습에서 민아가 전 작가의 감정을 충분히 공감하고 이해하고 있다는 것을 알 수 있었다. 한 사람의 감정을 있는 그대로 공감하고 이해한다는 것은 결코 쉬운 일이 아니기에, 민아가 얼마나 전 작가를 인간적으로 좋아하고 있는지를 알 수 있었다.

"작가님은 자신의 마음을 스스로 들여다보고, 있는 그대로의 감정을 글로 옮기기 시작했고, 그 글들이 작가님 소설의 배경이 되었어. 작가님은 자신의 이야기를 소설에 담았지만, 한 번도 자신의 이야기를 그대로 담지는 않았기 때문에, 작가님의 이야기가 세상에 알려지지는 않았던 거야. 그래서 작가님의 이번 에세이에 더 큰 의미가 있는 것인지도 몰라."

"그랬구나... 글을 쓰면서 스스로를 위로하고 아픔

을 치유할 수 있었다는 거구나…"

"맞아, 작가님은 그때의 자신을 이렇게 표현했어. '나는 그때 글을 쓸 수밖에 없었다. 글을 써야만 했다.'라고."

"글을 써야만 했다는 건, 글쓰기가 없었다면 아픔과 고통스러운 감정에서 벗어날 수 없었다는 말이나 다름없겠네…"

"그렇지… 나도 작가님의 감정을 완벽하게 이해할 수는 없지만, 아마 그랬을 것 같아. 어쩌면 작가님은 글을 쓸 수밖에 없는 사람이었고, 작가가 되는 것은 이미 정해져 있었던 것 같아."

내내 담담하게 전 작가의 이야기를 옮기던 민아가, 나를 바라보면서 묻는다. 민아의 표정은 슬픔과 동시에 옅은 미소가 드리워져 있었다.

"그런데 오빠 그거 알아? 작가님이 처음 글을 쓰기 시작하기 전까지, 스스로 자신이 작가가 될 것이라는 걸 한 번도 생각해 본 적이 없었대."

"작가가 되겠다는 생각은 한 번도 해본 적 없는 사

람이 글을 써야만 했고 그럼으로써 자신의 아픔을 이겨낼 수 있었다면, 작가님은 어쩔 수 없는 이유로 잊어야만 했던 그 사람을 얼마나 사랑했던 걸까...?"

"글쎄, 한 번도 그런 감정을 느껴본 적 없는 나로서는 짐작조차 할 수 없을 것 같아."

"그런데 그 어쩔 수 없는 상황은 어떤 거야?"

"아... 그거. 나도 자세히는 몰라. 작가님께 얼핏 듣긴 했지만, 그 내용은 오프 더 레코드라 오빠에게도 비밀이야."

"그래 그렇구나..."

민아의 애교스러운 말에도 불구하고, 나도 모르게 한숨 섞인 대답을 하고 말았다. 나의 표정을 살피던 민아는, 적당히 취해서인지 나에게 곤란한 질문을 하기 시작했다.

"오빠, 내가 전에 말했지? 힘든 일이 있을 때 꼭 내게 얘기해 달라고..."

"응? 또 그 얘기야...? 그래 알겠어. 꼭 그럴게. 하지만 걱정하지 않아도 돼. 힘든 일 따윈 없으니까."

"오빠, 정말 오빠에게 힘든 일이 없는 거라면... 정말로 오빠에게는 아무 일도 아닌 거야?"

"무슨 말이야? 너 취했어?"

민아의 말을 애써 외면하고 남은 맥주를 마시던 나는 민아의 다음 말에 깜짝 놀라고 말았다. 그동안 내가 계속 피해 왔던 얘기를 해야만 하는 순간이 왔기 때문에.

"오빠, 연주 어떡할 건데?! 힘들어하는 모습, 더 이상 안쓰러워서 못 보겠어."

내가 이 이야기를 피해왔던 건 이미 끝을 알고 있었기 때문이었고, 그것을 말하는 순간이 바로 이 얘기의 마지막이 될 것임을 알고 있기 때문이었다. 그래서였을까? 순간 눌러왔던 감정이 폭발하면서, 격양된 말투로 결코 하고 싶지 않았던 대답을 하고 말았다.

"내가 어떡할까? 내가 어떻게 하면 좋아? 그냥 모른 척해 주면 안 돼? 꼭 내 입으로 말해야 해?"

술에 취한 탓에 붉어진 얼굴의 민아가 내게 따지듯 말한다. 우리 남매는 평소답지 않게 말다툼을 시작하고 있었다.

“뭐어?! 야, 서민오! 네가 어떡할지 모르겠다고...? 그렇게 비겁하게 피하지만 말고... 자신 없으면 그만 연주 놔 줘...!”

“그런 넌 나한테 왜 그래?! 연주가 힘든 만큼 나는 안 힘든 것 같아? 꼭 그렇게 따지고 들어야겠어? 내가 힘들 거라는 거 뻔히 알면서 대체 왜 계속 그걸 말하라는 건데!”

결국 민아에게 큰 소리를 내고 말았다. 우리 둘은 잠시 서로의 얼굴을 바라보지 못하고 말없이 서로의 반대편을 바라보고 있었다. 나는 더 이상 솔직하지 않을 수 없었다. 내 뺨엔 다시 뜨거운 눈물이 흘렀고, 그건 이제 내게 익숙한 일이었다.

“그래, 나도 연주도 어떻게 해야 할지 모르겠어. 연주를 좋아하는 마음만 가지고 많은 사람들을 아프게 할 자신이 없고, 그렇게 할 만큼 연주가 나를 좋아하는지 확신도 없어. 아마 연주도 마찬가지일 거야... 네가 그렇게 재촉하지 않아도 우린 이미 충분히 아프고, 언제가 될지 모르지만 우리가 멀어지는 시간에 서로 너무 아프지 않도록, 그것을 견딜 수 있도록, 그렇게 마음을 비우려 노력하고 있는 것인지도 몰라. 네게는 이런 내가 실망스럽게 보일지 몰라도, 지금 내가 그래."

나는 뺨을 타고 흘러내리는 눈물을 양손으로 닦아내고서 말을 이었다.

"하지만 나... 지금 당장 연주를 놓아줄 자신이 없어. 지금으로선 연주를 보내고 나면 조금도 버틸 수 없을 것 같아..."

"오빠..."

"미안해... 나 먼저 들어갈게."

닦아내도 채 마르지 않은 눈물이 뺨을 타고 흘러내렸고 나는 그것을 두 손으로 가린 채 방으로 들어갔다. 정말로 오지 않길 바라던 마지막 순간이 마침내 내 앞에 다가오고 만 것이었다.

꿈에서 깰 시간

"민오야, 뭐해?"

"어... 지원아. 이제 자려고 누웠어... 뉴욕은 지금 아침이겠네? 연구실 가는 길인 거야?"

"아니, 나 공항이야. 2시간 뒤면 한국으로 출발해."

"응? 갑자기?! 얘기도 없이 오늘 출발한다고?!"

"그렇다니까! 과제 마무리하고 잠깐 짬이 생겨서 교수님께 말씀드리고 짧은 휴가를 얻었어. 열흘 정도 한국에 머물 수 있을 것 같아."

"정말?! 잘 됐네. 정말 오랜만에 얼굴 보면서 얘기 할 수 있겠다. 그럼 인천공항에 내일 도착하겠구나?

도착 시간에 맞춰서 마중 나갈게."

"그래, 고마워. 도착해서 연락할게."

"그래, 조심히 와. 그나저나 지원이 너 한국 오는 걸 어머니께서 많이 기다리고 계셨는데, 이번에 뵐 수 있을지 모르겠네. 어머니는 이번에 친구분들과 해외로 여행 가신다고 하셨거든."

"안 그래도 방금 어머니한테 먼저 전화드렸어. 여행 일정 때문에 이번에는 못 뵐 것 같아. 담에는 꼭 찾아 뵙겠다고 말씀드렸어. 나도 이번 휴가는 오랜만에 푹 쉬고 돌아가려구. 정말 얼마 만에 한국에서 보내는 휴가인지 모르겠어."

"그래, 이번에는 푹 쉬고 돌아가면 되겠네. 그래도 먹고 싶은 거나 하고 싶은 것 있으면 얘기해. 이 오빠가 다 해줄 테니까."

"치이, 알겠어. 네가 몇 달 먼저 태어났다고 또 오빠라는 거야? 좋아, 쉬면서 먹고 싶은 거 하고 싶은 거 있으면 얘기할게. 그럼 내일 봐, 잘 자구."

"그래, 내일 보자. 갑작스럽지만 오랜만에 얼굴 볼

수 있어서 좋네. 민아한테도 얘기해 둘게."

"그러고 보니 민아도 정말 오랜만에 보겠다."

"그래 정말 오랜만이지? 민아도 좋아할 거야."

"그래, 그럼 끊을 게. 안녕."

"응, 내일 봐."

"응."

지원이와의 짧은 통화를 끝내고 다시 잠자리에 누웠지만 나는 쉽게 잠들지 못했다. 오랜만에 만나게 되는 지원이가 반가우면서도 마음 한곳이 무거웠다. 지원이와 함께 있을 때도 조금씩 들었던 마음이었지만, 지원이와 멀리 떨어져 지내게 되면서 더 무거워진 마음이었다. 이 무거운 마음은 족쇄처럼 나를 앞으로 나아가지 못하게 하고 있었다. 지원이에게도 연주에게도 다가가지 못하게 하는, 마치 평행선을 달리고 있는 듯한 이 기분은 결코 유쾌한 감정이 아니었다.

나는 이런 상황에서 벗어나고 싶었다. 아니 어쩌면 이미 벗어나는 방법을 잘 알고 있으면서 애써 그것을 외면하고 있었던 것인지도 모른다.

끝도 없는 복잡한 생각에 사로잡혀 잠들었다 깨기를 반복하다가, 눈을 떴을 때는 이미 해가 밝아 있었다. 오늘은 휴일이라 평소와 달리 느릿한 몸동작으로 침대 밖으로 몸을 밀어냈고, 천천히 거실로 향했다. 거실과 욕실에는 민아가 분주히 움직인 흔적이 남아 있었고, 민아는 이미 밖으로 나간 것 같았다. 요즘 전성현 작가와의 인터뷰가 마무리 단계에 접어들었고, 갈수록 반응이 뜨거워지고 있어서, 그만큼 큰 부담을 느끼고 있는 민아였다. 하지만 왠지 민아는 어느때보다 신나 보였고, 의욕이 불타는 모습이었다.

무거운 몸을 이끌고 욕실로 향하려다 나는 커피 머신 앞으로 몸을 돌렸다. 원두를 매번 분쇄해 쓰기 귀찮아 구입한 파드 커피 머신이었다. 필름을 뜯어 파드 하나를 꺼내 머신에 끼워 넣고 전원 버튼을 눌렀다. 추출 버튼에 불이 들어오기까지의 몇 분 사이 나는 커피 머신을 멍하니 바라보다 다시 눈물을 흘리고 말았다. 추출 버튼에 붉은 불빛이 들어오지 않았다면 나는 그 자리에 주저앉아 펑펑 울었을 지도 모른다.

간신히 눈물을 삼키고 추출 버튼을 누른 후 에스프레소 잔에 커피가 차오르기를 기다렸다. 오늘따라 커피 맛은 유독 썼고, 덕분에 점점 머리가 맑아오기 시작했다. 언제나 그래왔던 것처럼 서민오의 삶은 계속 이어질 것이고, 나 다운 모습으로 다시 한 걸음 앞으로 나아갈 것이다. 오늘은 준비를 마치는 대로 지원이를 데리러 공항으로 가야 한다. 그게 오늘 서민오가 해야 할 일이다.

차를 빼기 위해 차고로 이동하는데 비가 조금씩 내리기 시작했다. 출발과 동시에 부슬비가 내리기 시작하더니 조금씩 빗발에 세지기 시작한다. 시내 도로를 벗어나 공항로로 접어들자 폭우가 쏟아졌다. 굵어진 빗발에 와이퍼는 세차게 좌우로 움직이기 시작했고 시아는 흐려졌다. 간신히 국제선 입국 게이트 앞에 차를 세웠다. 쏟아지는 빗발에 사람들은 분주히 차에 짐을 싣고 있었고, 공항버스와 지하철로 향하려던 손님들은 급하게 택시에 몸을 밀어 넣고 있었다. 그 모습을 지켜보고 있을 때 멀리서 지원이의 모습이 보였다.

수화물을 찾아 출국 게이트로 빠져나오는 그녀는 문자 메시지로 남긴 예상시간을 1분도 어기지 않았다. 언제나 빈틈없고 완벽한 지원이는 오늘도 어김 없었다. 그런 그녀를 보면서 말없이 미소 짓는 나를 발견했다. 마치 원래 있던 자리로 돌아온 것만 같은 편안함이었다. 아니, 어쩌면 체념이었는지도 모른다. 달라지지 않을 것을 알면서도 끊임없이 다른 미래를 꿈꿨던 나 자신에 대한 자책이 밀려왔다. 내 무거운 마음의 시간이 마침내 끝나가고 있었다.

"지원아, 여기야."

"민오야, 아 차가워. 비가 왜 이렇게 오는 거니?!"

"그러게, 네가 비를 몰고 온 거 아니야? 빨리 차에 타!"

"응, 캐리어 좀 받아 줘."

"알았어, 캐리어는 나 주고 빨리 차에 타!"

지원이의 캐리어를 받아 트렁크에 넣고 재빨리 운전석에 들어오자, 조수석 앉은 지원이가 나를 바라보면서 웃고 있다.

"안녕, 민오야. 오랜만이야."

"이게 얼마만이야? 마지막으로 본 지 1년은 훌쩍 넘은 것 같아..."

"그러게, 조금만 기다려. 공부 마치고 한국으로 빨리 돌아올게."

"그래, 네가 빨리 온다면 틀림없이 그럴 테니 조용히 기다리고 있을게."

"그럼 그래야지, 착하다 서민오."

지원이의 장난스런 말에 가벼운 웃음이 터져 나왔다.

"그럼 출발한다."

"응, 우리 집에 데려다 줘."

"아버지, 어머니는 집에 계셔?"

"아마도... 막내 딸 온다고 집에서 기다리고 계시겠지."

"그럼 나도 인사 드려야 하는 거 아닌가?"

"안돼, 오늘은 나 푹 쉴 거야. 집 앞에 내려만 주고 넌 돌아가. 아니면 아버지한테 잡혀서 너 또 술 진탕 마시게 될 거야. 너도 잘 알잖아."

"아버지께서 술 잘 드시는 거야 잘 알지. 근데 인사 안 드린지 오래됐고 집 앞까지 왔는데, 그냥 돌아가면

섭섭해 하시지 않으실까?"

"다음에 인사하면 되지. 오늘은 조용히 쉬고 싶어. 너무 피곤해서 취한 너 뒷수습 못할 것 같아."

"알았어, 그렇게 해. 출발할게."

공항로를 따라 시내 방향으로 10분 정도 갔을까? 언제 그랬냐는 듯 비가 잦아들었다. 그렇게 세차게 쏟아붓던 빗줄기가 다시 부슬비처럼 내리기 시작했다. 마치 죽을 것 같은 힘든 시간도 조금씩 무뎌지고, 견디기 힘들 것만 같던 시간들이 언제였는지 모르게 잊히듯이, 거센 빗줄기도 잦아들고 있었다. 내 SUV는 어느새 시내 도로에 접어 들었고, 옆자리에 앉은 지원이는 오랜만에 보는 시내 풍경을 오랫동안 조용히 감상하고 있었다. 평소 같으면 재잘재잘 쉴 새 없이 떠들었을 지원인데, 비가 와서인지 조용히 창밖을 바라보고만 있었다.

"지원아, 이제 다 왔어."

"..."

창밖을 바라보고 있는 줄 알았던 지원이는 어느새

잠들어 있었다. 오랜 비행에 피곤했는지 깊은 잠에 빠져있는 것 같았다. 조금의 시간을 기다려 주다 집에 들어가 편히 자는 게 더 나을 것 같아, 자고 있는 지원이를 깨웠다. 잘 자라는, 내일 보자는, 간단한 작별 인사를 하고 돌아서 다시 집으로 돌아왔다. 돌아오는 길의 먼 하늘에는 해 질 녘의 노을이 짙게 드리우고 있었다.

"오빠."

"민아야, 들어왔네?"

현관문을 열고 거실로 들어가자마자 나를 부르는 민아가 보였다. 우리 남매는 얼마 전 일은 마치 없었던 일처럼 평소와 다름없이 태연하게 서로를 대하고 있다. 민아는 마치 그날 취해서 자신이 했던 말들을 전혀 기억 못 하는 것처럼 행동한다. 그런 민아가 고마웠다.

"응, 오빠. 이제 막 집에 왔어. 지원 언니 왔다며? 오늘 언니랑 데이트하는 것 아니었어?"

"좀 피곤한가 봐. 모처럼 짬이 나서 급하게 한국에 들어오느라 거의 쉬지도 못했고... 오늘은 집에서 푹 쉬기로 했어."

"그랬구나... 내일은? 오빠 출근해?"

"응, 내일은 회사 갔다가 저녁에 지원이네 집으로 가려고."

"그렇구나, 언니 뉴욕 생활은 좀 어떻다고 해?"

"글쎄... 오늘 차에서 많은 얘기를 못 나눠서... 잘 모르겠는데."

"뭐야?! 오빠, 집에만 데려다 주고 바로 온 거야? 그럼 내가 내일 언니한테 전화해 봐야겠다."

"그래 그렇게 해. 그나저나 넌 오늘도 전성현 작가와 인터뷰였던 거야?"

"응... 오늘이 마지막이었어. 내일 지희 언니한테 원고 넘기고 나면 이번 프로젝트도 끝이야."

"아쉽겠다. 이제 당분간 전성현 작가와 만날 일이 없겠네?"

"그렇겠지, 아마."

"어땠어? 만족스러웠어?"

"응?"

"아니, 전성현 작가와의 인터뷰. 너 작가님 팬이잖아? 마치 꿈속에서나 일어날 만한 일 아니야? 네가 가장 좋아하는 작가와의 인터뷰라니... 팬으로서, 마케터로서 가장 좋아하는 작가와 만났으니, 인터뷰를 진행하는 동안 기분이 어땠나 궁금해서."

"아... 맞아. 마치 꿈속에서나 일어날 일이지. 처음 컨벤션 센터에서 작가님을 만났을 때, 내가 얼마나 놀랐는지 오빠도 잘 알잖아. 후... 그때는 다리가 후들거리고 제대로 말도 못 했던 것 같은데 작가님과의 인터뷰를 시작하고 몇 차례 반복되다 보니 마치 일상처럼 자연스럽게 느껴지더라구. 그러면서 작가님과 조금 친해지게 된 것 같아."

"그렇구나, 짧은 기간 동안 자주 만나다 보니 자연스럽게 친해지게 됐나 보네? 마지막 인터뷰를 마치고 바라본 전성현 작가는 어떤 사람이야?"

"작가님? 글쎄... 아주 친절하고 재치도 있으면서 배려심도 많은 분이지. 그러면서 굉장히 개방적인 분이셔. 하지만 자신의 일에 있어서 만큼은 엄격하고 꼼꼼한 분이야. 책을 쓰는 일은 주로 혼자 하기 때문에 다른 사람들에게는 깐깐하게 굴지는 않는 것 같지만, 만약에 내가 작가님이 대표인 회사에서 일한다고 생각하면, 몹시 힘들 것 같아."

"하하, 그 정도야? 하긴 그렇게 많은 사람들에게 사랑받는 베스트셀러를 쓰신 분인데, 자신에게 엄격할 만도 하지. 그런 만큼 훌륭한 작품을 내놓을 수 있었던 것 아닐까?"

"그렇겠지, 아무튼 작가님과 인터뷰하는 동안 많은 것을 배웠고, 나 자신에 대해서도 반성하게 됐어. 그동안의 내 삶이 너무 안일하지 않았나 하는 생각도 들구."

"그랬구나... 그래도 너무 의기소침하진 마. 서민아는 서민아로서 이미 충분히 훌륭하니까."

"치이, 고마워 오빠."

나를 보며 웃는 민아의 얼굴이 평소보다 조금 어두

워 보였다. 전 작가와의 인터뷰를 통해 자신을 반성하게 된 때문인지, 마지막 인터뷰를 마친 아쉬움 때문인지, 아니면 그냥 조금 피곤한 때문인지 궁금했지만 묻지 않았다.

"피곤할 텐데 어서 쉬어. 나도 내일 출근해야 하니까 일찍 잘래."

"그래, 오빠 잘 자."

"응, 너도."

민아와 인사하고 나는 욕실로 향했고, 잘 준비를 마치고 침대에 누웠다. 오늘 밤 역시 좀처럼 잠에 들지 않는 밤이다. 최근 들어 계속 반복되는 일이다.

오늘 지원이를 오랜만에 만났고, 집에 바래다주는 길에 우리는 깊은 침묵 속에 있었다. 공항을 나설 때 세차게 몰아치던 비는 돌아오는 길에 거짓말같이 그쳤다. 지원이는 창밖을 바라보다 잠이 들었고, 나는 그친 비처럼 마치 꿈에서 깨어난 것 같은 기분이었다. 누군가를 좋아하고 설레었고 가슴 벅찼으며 눈물이 흘렀던, 짧다면 짧고 길다면 긴 꿈같았던 시간이,

영원할 것만 같았던 그 시간이 예고도 없이 중단되듯 거센 비와 함께 사라진 것이다.

잠들지 못할 것 같던 오늘 밤에도, 나는 결국 잠에 빠져들었고 또다시 아침이 왔다.

외근을 마치고 오랜만에 사무실에 들렀다. 김 팀장과 동료 직원들과 오랜만에 수다를 떨다 보니, 어느덧 퇴근 시간이었다. 서둘러 퇴근하려고 가방을 챙기면서 휴대폰을 보니 지원이에게서 메시지가 와 있었다.

'조금 전에 민아 만나서 같이 너희 집으로 가는 길이야. 퇴근하고 집으로 와.'

지원이는 업무 중일 거라고 생각하고 문자를 보냈을 거다. 매사에 신중하고 빈틈없는 그녀 답다는 생각을 했다. 집에 도착해 보니 지원이와 민아는 간단하게 차린 저녁식사를 하며 수다를 떨고 있었고, 나는 자연스레 식탁에 앉아 함께 식사를 했다.

"오랜만에 먹는 된장찌개 맛이 정말 좋아. 그리웠어..."

"언니, 뉴욕에도 한식당이 많을 텐데, 한식은 잘 안 먹어?"

"물론 많지, 그런데 아무리 유명한 식당에 가도 여기서 먹는 이 맛이 안 난다니까..."

"그럼 그건, 우리 엄마가 만든 된장 맛이 좋은 걸까? 아니면 우리 집에서 된장찌개를 먹기 때문일까?"

민아의 장난스러운 말에 지원이가 웃으며 대답한다.

"아마 둘 다일 것 같아."

"나는 반대로 뉴욕에 가보고 싶어. 언니 나 담에 언니한테 놀러 가면 안 돼?"

"왜 안되겠어?! 언제든지 놀러 와."

둘의 대화를 조용히 듣고 만 있던 내가 한마디 거든다.

"야, 지원인 쉴 새 없이 바쁠 텐데 너는 한가하게 놀러 갈 생각이야? 괜히 가서 방해하지 마."

"아니... 뭐 그냥, 언니네 집에서 살짝 지내다 오는 거지. 나는 혼자 여기저기 놀러 다니고."

"그래 민오야, 민아 오는 거 난 괜찮아. 딱히 방해될 것도 없을 것 같은데."

"거봐 오빠, 언니가 괜찮다고 하잖아!"

"치, 그래서 언제 갈 건데?"

"응? 글쎄, 나도 사실 바빠서 언제 갈 수 있을지 몰라. 뭐 그냥 생각도 못 해봐? 뉴욕이라니 생각만 해도 설레는 걸."

민아의 말에 우리는 잠시 웃었고 지원이의 유학 생활, 나의 일, 민아의 전 작가와의 인터뷰에 대해 이런 저런 얘기를 나누다가 식사가 마무리되었다. 거실로 옮겨 앉아 커피를 마시면서 이어진 우리의 수다는 밤 늦게까지 이어졌다.

"그런데 민아 넌 오늘 일찍 마친 거야?"

"응, 작가님 마지막 인터뷰 정리해서 지희 언니에게 넘기고 난 다음, 대표님께 말씀드리고 일찍 퇴근했어. 요즘 작가님 인터뷰가 반응이 좋아서 대표님이 기분이 좋으시거든."

말하는 동안 웃음을 머금은 민아의 표정을 빤히 바라보던 지원이가 말했다.

"너도 좋아 보여."

"응?"

"너도 기분 좋아 보인다고. 네가 하는 일, 너와 잘 어울리는 것 같아. 그만큼 잘해내고 있는 것 같기도 하고."

"아니야 언니, 아직 부족하고 모르는 것도 많아. 배우면서 하는 거야. 대표님이나 지희 언니가 많이 도와줘."

"아무튼, 잘하고 있어 서민아."

"언니 칭찬이라니... 무서운 지원 언니가 칭찬을 다 해주시네요?!"

"뭐어...?!"

"농담이야 언니."

얼굴을 찡긋하는 지원이를 보며, 민아는 까르르 웃으며 답했다. 이럴 때 보면 민아는 아직 어린 아이인 것만 같다.

"그래서 둘은 어디서 만난 건데? 민아 네가 지원이 집에 들렀다 온 거야?"

둘 얘기를 듣고 있던 내가 미소를 띤 채로 지원이와 민아를 번갈아 바라보며 물었다.

"아니, 사실 그러려고 했는데, 전화했더니 언니는 이미 밖이던데? 언니가 우리 집에서 보자고 해서 바로 온 거야."

"맞아, 내가 여기 도착하자마자 민아가 왔어. 거의 같이 도착한 거지."

"그래? 지원이 넌 어디 갔었는데? 어제 피곤해 보여서 늦잠 자고 집에서 쉴 것 같아서 저녁에 데리러 가려고 했던 건데..."

"그럴 줄 알았어. 민아도 민오 너도 집에서 만나면 되니까, 오랜만에 연주에게 다녀왔어. 연주 전시회에."

지원이의 말이 끝나자마자 '연주 전시회?!'라며 동시에 놀란 듯, 놀라지 않은 듯, 아니 놀라지 않은 척 내뱉은 나와 민아에게, 지원이는 '응, 연주 전시회 한다는 소식 들었거든.'이라며 나와 민아를 만나기 전에 조금 시간이 날 것 같아 다녀왔다고 말했다.

민아와 나는 그 일이 있었던 날, 그러니까 연주와의 일로 다투었던 그날 이후로 서로 연주에 관한 얘기를 하지 않았다. 그것은 서로에게 민감한 얘기를 꺼내지 않음으로써 평화(?)를 유지하는 일종의 신사협정 같은 것이었는데, 예상치 못한 순간에 예상치 못한 사람에게서 협정의 파기가 선언되었다.

연주의 그림이 생각보다 훌륭했고 파스텔 풍의 그림들이 연주이 글과 잘 어울려서, 동화 작가가 되어도 좋겠다는 이야기와, 선물 받은 연주의 새 책을 집에 돌아가서 읽어보겠다는 지원이의 말을, 나는 말없이 웃음 띤 얼굴로 들어주었다.

그 이후에 지원이의 유학 생활에 대한 시시콜콜한 얘기와 민아네 대표님에 대한 애교 섞인 뒷담화가 이어졌고, 늦은 시각 지원이를 집에 바래다줬다.

지원이는 한국에 머무른 열흘 동안 시내의 여러 곳들을 돌아다니고 싶어 했다. 마치 짧은 기간 동안 여러 명소를 놓치고 싶지 않아 하는 여행객처럼, 지원이는 오랜만에 한국에 들어온 만큼 한국의 여러 모습들을 기억에 넣어두고 싶다고 했다. 나는 그런 지원이가 참 김지원답게 독특하면서도 명쾌하다고 생각했다.

지원이와 나는 카페가 늘어선 돌담길을 함께 걸었고, 엔티크 가구거리를 구경했으며, 차이나타운에 방문해 우리가 좋아하는 만두를 함께 먹었다. 만두는 우리가 데이트할 때마다 빠뜨리지 않는 메뉴였기 때문에 자연스럽게 여느 때처럼 군만두와 찐만두를 종류별로 골라 주문했다.

또 시내가 한눈에 내려다보이는 근교의 산에 오르기도 했고, 타워에서 함께 야경을 바라보기도 했으며, 놀이동산에서 관람차를 탔다. 그리고 유람선을 타고 까만 하늘의 별 보다가 더 빛나는 불꽃을 함께 바라보았다.

지원이가 돌아가기 전 마지막 날 저녁에는 오랜만에 동아리 천문대를 방문해서 잠시 동안 망원경으로 별자리를 바라보면서 추억에 젖기도 했다.

밤늦게 예약되어 있는 비행기 편을 타야 하는 지원이를 공항에 데려다 줄 때까지 우리는 여느 때와 마찬가지로 아주 좋았고 작은 말다툼조차 없었다. 지원이와 나는 서로가 좋아하는 것과 싫어하는 것을 잘 알고 있었고, 서로를 이해하고 배려하는 것이 훈련되어 있었다.

그것이 나와 지원이가 오랜 기간 동안 큰 문제없이 잘 지낼 수 있는 이유였다. 서로를 위해주는 만큼 서로에게 자유로움을 주는 우리 관계는 오랜만의 데이트에서도 변함 없었다. 지원이가 수속을 위해 입국장으로 들어가는 모습을 배웅하고 공항 주차장으로 걸어가면서 지난 열흘을 다시 한번 돌아봤다. 완벽했고 빈틈없었다. 지원이와 나의 관계는 안정되었고 앞으로도 흔들림 없을 것이다. 그렇기에 더 가슴 한구석에 허전함이 느껴졌다. 돌아오는 차 안에서 오늘이 연주 전시회의 마지막 날이었음을 깨닫고 나는 엑셀을 밟았다.

연주의 전시회를 열었던 카페는 영업이 끝난 상태였고 연주의 그림들은 포장이 다 된 채로 카페 밖으로 옮겨지고 있었다. 카페 사장님께 간단한 인사를 하고 연주를 찾았다. 연주는 마지막 그림이 옮겨지는 것을 지켜보고 있었다. 그림은 천천히 내가 서있는 곳으로 이동했고 연주의 시선은 그림을 따라 나에게 와 닿았다. 연주의 무표정한 얼굴이 낯설게 느껴졌다.

"왔네? 지원 언니 잘 데려다줬어?"

"응, 넌 전시회 잘 끝냈어?"

"전시회? 이곳이 워낙 유명한 카페잖아. 무명작가의 전시회를 허락해 주신 사장님 덕분에 많은 분들이 내 그림을 봐주셨지."

"전시회 중에 한번 와 본다는 게 그러질 못했네. 미안해."

"뭐가 미안해. 지원 언니 오는 바람에 그러지 못했을 텐데."

우리는 서로 말없이 한동안 어두운 밤의 강을 바라보았다. 어두운 강물이 찰랑거리며 물결을 일으켰고, 달빛이 물결에 닿자 희미한 불빛들을 만들어 냈다. 그 불빛들이 우리가 바라보는 곳이 강물임을 알 수 있게 했다. 먼저 침묵을 깬 건 연주였다.

"오빠, 오빠가 좋은 사람이란 것 알아. 하지만 이렇

게 불쑥 찾아오거나, 아무 때나 연락하는 거 나 사실 많이 불편해."

갑작스러운 연주의 말에 당황한 나는 말을 잇지 못했다. 그리고 연주의 다음 말.

"오빠, 우리 동아리 선후배 사이고, 오빤 내 친구의 오빠잖아. 딱 그렇게, 적당한 거리를 두고 지내자. 그게 서로에게 좋을 것 같아."

"적당한 거리? 그게 뭔 데? 동아리 선후배, 친구의 오빠로서가 아니라 너와 난 그냥 친한 사이잖아."

내 말이 끝나자마자 연주는 여전히 무표정한 얼굴로 나를 바라보며 말했다.

"동아리 선후배로, 친구의 오빠로서 친한 거야."

냉정한 그녀의 얼굴에는 조금의 틈도 보이지 않았다. 그 표정을 보면서 내가 무슨 말을 해도 받아들여지지 않을 것을 알았지만, 나는 다음 말을 할 수밖에 없었다. 지금 하지 않으면 다신 하지 못할 것 같았기 때문이었다.

"내가 그 이상으로 널 좋아한다면?"

내가 연주를 그 이상으로 사랑한다는 말은 차마 하지 못했다. 매일 보고 싶었고, 만나고 헤어지면 함께 했던 시간들이 그리웠다고 말하지 않았다. 그 말들은 모두 진심이었지만, 내가 책임질 수 없는 말들이기도 했다.

"무슨 말인지 모르겠네."

강변을 바라보면서 툭 내뱉은 연주의 말을 듣는 순간, 나는 화가 났던 것일까? 그 바람에 오랫동안 꺼내지 못했던, 마지막까지 말하지 않으려 했던 그 말을 불쑥 꺼내고 말았다.

"나 너 정말 좋아해. 너도 나 좋아하잖아?"

"오빠, 내가 왜 오빠를 좋아해. 난 그런 적 없어."

나를 똑바로 바라보며 하는 그녀의 말에 나는 아무 말도 할 수 없었다. 그동안 왜 나에게 친절했는지, 왜 늦은 밤 나와 연락했는지, 왜 손을 잡고 밤거리를 걸었는지, 왜 내 품에 안겼는지, 따져 물을 수 없었다. 모든 것이 나의 잘못이었고 나만의 착각이었다. 그렇게 생각해야 했다. 그렇게 해야 그녀를 덜 미워하게 될 것 같았다. 그래도 그녀가 미워지는 것은 어쩔 수 없었다.

"그래서, 연주 네가 원하는 게 뭐야?"

"오빠에게 원하는 것 없어. 언제 내가 오빠에게 무언가를 요구한 적이 있었나?"

그러고 보니 그녀의 말이 맞았다. 내가 좋아서 그녀에게 친절했고, 그녀를 도왔고, 그녀를 보기 위해 달려갔다. 그녀를 보며 행복했던 건 나였다. 그녀가 원했던 일이 아니었다. 그렇기에 이제 내가 해야 할 일은 그녀와의 기억을 모두 잊는 일이었다. 할 수만 있다면 영화에서처럼 내 머릿속 모든 기억을 지워버리고 싶었다.

마지막이 올 것을 알았고 언젠가 벌어질 일이라는 것을 알고 있었지만, 갑작스럽게 다가온 마지막은 나를 힘들게 했다. 아주 가느다란 끈을 붙잡고 힘겹게 서있던 내가 무너져 버린 날이었고, 그런 초라한 모습으로 그녀를 볼 자신이 없었다. 나는 말없이 그녀에게서 돌아서 걸었다. 그녀를 마주하는 것이 이번이 마지막이길 바랐다.

나는 강변을 걷기 시작했다. 일기 예보를 보지 않았기에 비가 올 것이라는 것을 모르고 있었다. 어쩌면 일기예보에 없던 비인지도 몰랐다. 빗 줄기는 굵지 않았고, 무더운 날씨 탓에 적당히 내리는 비는 걷기에 더 좋았다. 그 비는 뺨을 타고 흐르는 내 눈물을 감추기 좋았고, 나는 이대로 계속 걸으면서 남은 내 눈물을 모두 쏟아 내기를 바랐다.

얼마나 걸었는지 모른다. 마침내 눈물이 그칠 때쯤 비가 그쳤고, 나는 뒤돌아 서서 걸어왔던 길을 바라보았다. 달빛에 카페의 모습이 어렴풋이 보였다. 이미 카페의 모든 불빛은 꺼진 후였다. 이제 다시 돌아갈 시간이었다.

내가 너를 좋아하는 만큼

작가님과의 인터뷰는 회를 거듭할수록 많은 독자분들의 좋은 반응을 이끌어냈다. 작가님을 사랑하고 작가님의 작품을 잘 이해하는 독자분들은 평소 알려진 것과 다른 작가님의 새로운 모습에 놀라워했고, 인터뷰를 진행한 나에 대해 작가님의 진솔한 이야기를 잘 이끌어냈다는 좋은 평가를 남겨 주셨다.

작가님은 이번 인터뷰를 통해서 유명 작가가 아닌 자연인 전성현으로서, 어린 시절부터 지금까지의 삶과 작품 활동에 대한 상세한 이야기를 털어놓았다.

수줍음이 많았던 어린 시절부터 어른이 된 지금까

지 작가님은 항상 누군가를 사랑해왔고, 누군가를 사랑하는 따뜻한 마음이 작가님 스스로를 성장시키는 원동력이 되었다고 말했다.

어린 시절 친했던 여자아이를 지키기 위해 나섰다가 볼에 흉터가 나고만 얘기부터, 학창 시절 좋아했던 여자친구와 공놀이를 하다가 교실 창문을 깨뜨렸던 이야기, 작가님이 짝사랑했던 여자친구가 전학 가기 전 작가님께 빌린 책을 가져다주기 위해 작가님을 찾았을 때 몰래 숨어서 나타나지 않았던 이야기, 테니스 부원이었던 여자친구를 땡볕에서 기다리느라 까맣게 타버린 이야기, 체육시간 피구 시합 때 마지막으로 살아남은 여자친구를 아웃 시키기 위해 힘껏 던진 공이 그 친구의 머리를 맞추고만 일 등.

작가님은 좋아하는 사람 때문에 평소에 없던 에너지를 얻게 될 때가 많았다고 했다. 또한 어른이 되고 난 후 더 이상 새로운 사랑을 할 수 없을 것 같았던 때조차 누군가에게 마음을 빼앗기고 말았고, 이루어질 수 없는 사랑을 잊어내느라 글을 쓰기 시작했다는, 아니 글을 쓸 수밖에 없었다는 대목에서는 나도 모르게 눈에서 눈물이 핑 돌기도 했다.

누군가를 사랑하고 헤어지고 기억하고 잊어내는 모든 순간마다 작가님이 가졌던 생각은, 스스로 감정에 솔직하자는 것과 어떤 순간에도 사랑했던 사람에 대해 자신이 느꼈던 따뜻한 마음만을 잊지 말고 기억하자는 것이었다.

작가님은 솔직한 감정과 따뜻한 기억을 자신의 글의 소재로 삼아왔고 책으로 남겨진 자신의 이야기가 많은 사람들의 마음을 따뜻하게 하고 위로가 필요한 사람들에게 용기를 줄 수 있기를 희망했다. 그럼으로써 우리 모두가 서로를 더 많이 사랑하고 배려할 수 있기를 바랐다.

작가님에게 궁금했던 것들을 묻고 작가님의 이야기들을 하나씩 알아가는 일은 매우 즐거운 일이었고, 그것을 많은 독자들에게 전달하는 일 역시 무척이나 기쁜 작업이었다.

마침내 열 번의 인터뷰와 포스팅이 모두 끝이 났을

때, 나는 홀가분한 기분이었지만 한편으론 허무하기도 했다. 많은 애정을 쏟은 만큼 알 수 없는 복잡한 감정들이 스쳐 지나가고 있었다.

"민아야, 오늘 대표님이 같이 저녁 먹자고 하셔."

"네, 좋아요. 에세이 반응이 좋아서 대표님 기분 좋으시죠?"

지희 언니는 마치 내 말을 기다리고 있었다는 듯 피식 웃으며 대답한다.

"말해 뭐해, 아마 이번 작품이 파도소리의 최고 히트작이 될 게 뻔한데."

"최고 히트작이라... 정말 그렇게 되면 파도소리에는 어떤 변화들이 있게 될까요?"

"응?"

지희 언니는 내 말이 무슨 뜻이냐는 듯 의아한 표정을 지으며 나를 바라보았고, 그 표정이 재밌어 내가 피식 웃었을 때, 지희 언니 뒤에서 대표님이 불쑥 나타났다.

"민아 씨, 오늘은 먹고 싶은 음식 아무거나 얘기하세요. 제가 다 사줄 테니까."

평소 만두나 돈가스 같은 분식 종류 말고는 사준 적 없는 대표님이 이렇게 얘기하니까 지희 언니가 눈이 동그래져서는 웬일이냐는 듯 나를 바라봤다. 나는 그 말에 용기를 내 진심을 가득 담아 대표님께 말했다.

"그렇다면 오늘은 고기죠! 소고기!"

"와 좋아, 소고기. 대표님 괜찮으시겠어요?"

내 말이 끝나기 무섭게 나온 지희 언니의 질문에 의외로 화끈한 대표님의 대답이 이어졌다.

"내 물론이죠, 최고급 소고기로 모실 테니까 지금 당장 나가도록 해요!"

"네, 좋아요!"

"민아야, 우리 오늘 배 터지도록 잔뜩 먹자."

"네, 언니."

그렇게 성사된 모처럼 만의 회식에서 우리는 소고기의 모든 부위를 먹어보겠다는 일념으로 숯불 위에 각종 부위를 구워 댔다. 술을 잘 마시지 못하는 지희 언니는 고기와 곁들인 맥주 몇 잔에 해롱해롱 대면서 정신을 차리지 못했고, 배가 부를 만큼 고기를 먹은 후에는 테이블에 엎드려 잠이 들고 말았다.

그 모습을 지켜보면서 나와 대표님은 함께 웃었고 둘만이 대화를 이어가게 되었다.

"잘했어요, 민아 씨."

"네에?"

불쑥 튀어나온 칭찬에 대표님의 얼굴을 바라봤다. 대표님의 얼굴은 발갛게 물들어 있었고 '좀처럼 칭찬하는 법이 없는 대표님도 술을 드시니까 칭찬을 다하시는구나'라는 생각을 했다.

"아… 이번 에세이 말씀이시죠? 뭐 제가 한 게 있나요? 다 작가님의 유명세 덕분이죠. 저도 그 정도는 알아요. 제 인터뷰가 그렇게 특별했다면 제가 인터뷰한 모든 작가님들이 다 화제가 되었겠죠? 오히려 대표님께 감사해요. 저에게 이런 기회를 주셨잖아요."

내 말에 대표님은 가벼운 웃음을 지으며 얘기한다.

"기회를 주었다는 표현이 적절할까요? 전 작가가 직접 우리에게 찾아와서 함께 작업하자고 제안한 것, 민아 씨도 잘 알잖아요. 우리와 작업하기로 한 이상 내가 인터뷰를 맡길 사람은 민아 씨 밖에 없었죠."

"대표님은 그렇게 말씀하시지만, 제가 꼭 인터뷰해야 할 이유도 없었죠. 작가님처럼 유명한 작가와 인터뷰하겠다는 분을 찾으려고 하셨으면 얼마든지 찾을 수 있으셨을 텐데요."

"물론 민아 씨 말대로 다른 사람을 찾으려 했다면 얼마든지 찾을 수 있었을 거예요. 그렇지만 그건 이번 작업의 방향과 맞지 않을뿐더러 내게는 누구보다 이 일을 가장 잘해낼 수 있는 사람은 민아 씨라는 믿음이 있었어요."

"네에? 대표님, 왜 이렇게 저를 띄워 주시는 거예요? 수상한걸요?"

"아니에요. 솔직한 제 마음을 얘기하는 거니까 오해하지 말아요. 잘 될 것이라는 확신은 있었지만, 생각대로 잘 마무리돼서 정말 다행이에요."

"네, 저도 정말 기분 좋아요. 그리고 다시 한번 감사드려요! 대표님."

"이제 감사는 그만하시고요. 민아 씨, 그나저나 이번 인터뷰를 마친 소감이 어때요? 이제 다시 평범한 일상으로 돌아가야 할 텐데, 앞으로의 작업이 시시하지 않을까요? 파도소리의 프로젝트들이야 그저 그런 것들인데."

"무슨 말씀이세요? 다양한 작가님들을 만나고 숨겨진 좋은 작품들을 소개하는 일이 얼마나 보람 있는 일인데요. 그런 말씀 마세요."

"그래요, 민아 씨는 변함없이 자신의 일을 묵묵히 잘해낼 거라고 믿어요."

"네에! 걱정 마세요. 대표님!"

"그런데... 민아 씨."

평소답지 않게 나에 대한 칭찬을 쏟아 낸 대표님이 이번에는 잔뜩 진지한 표정으로 조심스럽게 말을 골랐다. 나도 조금 취했기 때문인지 아무런 대답 없이 그런 대표님 얼굴을 바라보기만 했다.

"괜찮은 거죠?"

"네에?"

"성현이 말이에요."

좀 전까지 내 앞에서 술에 취한 빨간 얼굴로 소고기에 소주를 곁들이고 있던 대표님이, 갑자기 나에게 무슨 말을 하는 건지 몰라 말없이 그의 얼굴을 바라보았다. 그러다 대표님의 얼굴이 뿌옇게 흐려졌고, 나는 눈을 감았다.

술에 취해서 잠든 것이 맞다. 그런데 눈에서 흘러내리려는 눈물을 참느라 얼른 눈을 감아버린 것도 맞다. 눈물 흘리는 것을 감추기 위해 나는 눈을 감았고 덕분에 잠에 빠져들었다.

나는 술에 취한 채 잠들었다가 나를 데리러 온 오빠와 함께 택시를 탔고, 나는 지금 내방에 누워있다. 대표님은 왜 갑자기 작가님 얘기를 내게 했고 나는 또 왜 눈물을 쏟고 말았을까.

작가님과의 인터뷰는 그야말로 꿈과 같았다. 짧은 기간 동안 자주 만났고 바쁜 작가님과 스케줄을 조정

하기 위해 자주 연락했었다. 인터뷰를 위해 만나기 몇 시간 전부터 그날의 인터뷰 내용에 대해 서로 얘기하기도 했고, 지희 언니가 게시한 인터뷰 내용을 보면서 서로 좋았던 점, 아쉬웠던 점에 대해 얘기하기도 했다. 그 기간 동안 나는 그 누구보다 작가님과 가깝게 지낼 수 있었다. 아니 세상에는 오직 작가님 밖에 없는 것 같은 느낌이었다. 그 시간들이 영원할 수 없는 줄 알고 있었지만 끝나지 않을 것처럼 그렇게 하루하루를 살았다.

아마 대표님은 알고 있었던 것 같다. 평소와 달리 들떠 있고 평소보다 더 에너지가 넘치는 내 모습 때문이었는지도 모르고, 친구인 작가님의 모습을 통해서였는지도 모른다. 만약 작가님을 통해서라면 작가님도 내가 그랬던 것처럼 나를 많이 생각하고 나와 만나는 시간들을 설레며 기다렸던 걸까?

분명한 것은 첫 인터뷰부터 마지막 인터뷰가 끝날 때까지 나와 작가님은 어느 연인보다도 가까운 사이였다는 것이다. 함께 식사를 했고 커피를 마셨고 술을 마셨다. 작가님이 나를 집까지 데려다준 적도 있었고 반대로 내가 작가님을 집까지 바래다주겠다며 떼를 쓰기도 했다. 지금 생각해 보면 다시 돌아오지 못할 시간들이었고 나는 더는 행복할 수 없을 정도로 작가님과의 시간들을 즐기고 있었다.

마지막 인터뷰 이후 나는 작가님께 더 이상 연락하지 않았다. 그건 작가님도 마찬가지였다. 마치 서로 약속이나 한 것처럼.

"연주야, 나 왔어."

"민아 왔구나, 정말 오랜만이야."

"그러게, 전시회 잘 마무리됐다며? 축하해."

"너두, 작가님 인터뷰 반응 정말 좋더라. 축하해."

연주와 인사를 나눈 후 나는 거실에 있는 소파에 몸을 뉘면서 말을 이어갔다.

"연주야, 나 힘들어. 어제 술을 너무 많이 마셨나 봐."

"뭐야? 어제 종파티라도 한 거야?"

쇼파에 힘없이 기대어 있는 나를 보며 연주는 밝게

웃고 있다.

"그러네, 어제가 바로 쫑파티였네... 이제 정말 끝이 났구나... 이제 정말 평범한 일상으로 돌아가게 되겠지? 파도소리 SNS 계정 접속자도 이제 많이 줄어들 거야."

"그야 당연하지. 전성현 작가와 관련된 콘텐츠 때문에 그동안 접속자가 많았던 거잖아. 그래도 전성현 작가 때문에 확보한 구독자들이 모두 떠나진 않겠지... 앞으로 기대되네. 이제 서민아가 진정한 시험대에 오르는 건가?"

"뭐어? 진정한 시험대?"

연주의 말에 황당하다는 제스처를 취한 나는, 소파 한 켠에 머리를 박고 머리카락은 산발인 채로 다음 말을 이었다.

"그런데 나, 솔직히 예전처럼 일하는 거 나쁘지 않아. 오히려 이번처럼 너무 많은 관심 받지 않고, 필요한 사람들에 게 필요한 만큼의 정보를 제공할 수 있다면, 그것도 보람 있는 일이라고 생각해."

"그런데 뭐가 걱정인데? 왜 그렇게 얼굴에 수심이 가득한 건데?"

연주의 물음에 마치 내 마음을 들킨 것 같았던 나는 스스로 얼굴이 붉어지는 것을 느꼈다.

"그래 보여?"

"응, 술 때문이라고 하기엔 너무 처져 있는 걸. 먼데? 뭐가 문젠데? 얘기해 봐."

"치, 강연주. 정말 귀신이야... 맞아, 나 사실 마음이 너무 힘들어. 일도 잘 마무리됐고 덕분에 파도소리도 많이 알려지게 된 데다, 대표님이랑 지희 언니도 아주 좋아하시고, 정말 모든 게 완벽한데..."

"그런데...?"

"잊히지가 않아, 작가님과 함께한 시간들이... 조금 더 오래 같이 있을 걸, 작가님이 원하던 작은 애정 표현들도 더 많이 해줄 걸. 이렇게 끝이 날 줄 알았으면서, 왜 그렇게 조심하기만 했는지... 이제 다시 그런 시간은 오지 않을 텐데... 바보 같은 후회만 들어."

"아, 그렇구나..."

연주는 진지한 태도로 듣고 있었지만, 마치 예상하고 있었던 사람처럼 태연한 모습이었고, 나는 '그래, 연주가 모를 리가 없지'라고 혼자 생각했다.

"놀라지 않는 걸 보니, 연주 너도 알고 있었구나?"

"그럼, 어떻게 모르니? 누굴 좋아하면 너 숨기질 못하잖아. 네가 작가님을 좋아하는 마음, 팬으로서 설레고 만남을 기대하는 수준 이상이라는 것, 너 보면서 바로 알 수 있었어. 하지만 너무 후회하지는 마. 그동안 너 행복해 보였어. 그럼 된 거 아냐?"

노트북이 놓인 거실 테이블에 앉아 차분히 얘기를 이어가는 연주를 바라보면서, 연주에게 말하길 잘했다는 생각을 했다. 물론 연주가 먼저 알고 물어봐 준 것이지만.

"작가님도 나한테 그렇게 얘기했어. 나를 만나면 설레고, 만나는 게 기다려진다고. 함께 있으면 손을 잡고 싶고, 손을 잡으면 나를 안고 싶다고."

"그래...? 그러면 실컷 손잡고, 껴안으라고 하지 그랬어...?"

"그러게... 그런데 부끄럽기도 하고, 그러면 안될 것 같기도 하고, 사실 용기가 나지 않아서 그렇게 못했어. 딱 한 번 손잡고 서로 안았을 뿐이야."

"왜...? 너도 작가님도 서로 좋은 마음이면서 왜 안 되는데? 왜 꼭 마지막이 있을 거라고 생각한 건데...?"

"글쎄... 뭐라고 말해야 할까? 전에 작가님이 어떤 이유로 글을 쓰기 시작했고, 왜 글을 써야만 했는지 얘기한 적 있지?"

내 질문에 노트북을 바라보며 생각에 잠겨 있던 연주가 내 얼굴을 돌아보며 말했다.

"아 그거... 작가님이 사랑한 누군가 때문이라고 하지 않았어?"

"맞아, 작가님에겐 너무나 사랑해서 아파할 수밖에 없었던 기억이 있어. 난 작가님과 그분의 인연이 그대로 끝나고 말았는지, 아니면 아픔을 극복하고 마침내 두 사람이 연인이 되었는지 묻지 않았어. 아니 정확히는 작가님의 지금의 연인이 작가님이 너무나 사랑한 그분인지, 아니면 다른 사람인지 묻지 않았어."

"묻지 않았다면, 그게 중요하지 않았다는 거겠지?"

"응, 작가님이 나를 좋아하는 것은 맞아. 하지만 작가님이 사랑한 그분만큼 나를 좋아하는 것은 아니야. 그리고 지금의 연인과 잡은 손을 놓고 나에게 올 만큼 나를 사랑하는 것도 아니구..."

얘기를 이어가던 나는 눈에서 또 눈물이 흐를 것 같아, 소파 깊숙이 몸을 더 밀어 넣었다. 눈물이 흐르지 않기를 바랐고 눈물이 흐르더라도 연주가 보지 않기를 바랐다. 잠시 호흡을 가다듬던 내게 연주가 물었다.

"그러면 너는... 넌 어떤데?"

"나...? 나도 마찬가지야. 작가님이 이루지 못한 그 사랑만큼은 아니더라도, 작가님이 나를 진심으로 좋아해서, 지금의 연인을 떠나 내게 온다고 하더라도 감당할 수 있을 만큼 작가님을 사랑하지 않아."

내 얘기가 끝나고도 한동안 연주는 말을 잇지 못했다. 다행히 나는 얘기를 끝내는 동안 눈물을 흘리지 않았다. 만약 눈물을 흘리기 시작했다면 아마 펑펑 울었을 것이다.

연주는 가볍게 한숨을 쉬더니 자신의 이야기를 꺼냈다.

"전시회 마지막 날 민오 오빠가 왔었어."

"마지막 날? 그 얘기는 듣지 못했는데…"

우리 남매는 보통 작은 일부터 큰일까지 모든 일을 서로 공유하기 때문에 조금 의외라고 생각했다. 특히 연주와 관련된 얘기라면 더 그랬다. 젖은 눈을 손으로 닦고 머리카락을 빗어 넘기며 자세를 바로잡았다.

"나… 오빠에게 얘기했어. 오빠가 나에게 자주 연락하고 만나러 오는 것 불편하다고."

"그랬어…?"

"응, 동생 친구의 오빠로, 동아리 선배로 남아 달라고 부탁했어."

연주의 말에 나는 오빠는 뭐래?라고 묻지 않았다. 오빠의 반응을 알 것만 같아서… 그리고 오빠가 연주를 만난 얘기를 나에게 하지 않은 이유도 알 것 같았다.

그런 일이 있었다면 분명 오빠는 큰 충격을 받았을 테고, 자신의 감정을 숨기지 못하는 오빠는 표정이나 행동에서 그것이 드러났을 텐데, 내가 작가님과의 인터뷰를 마무리하느라 정신이 없어서 알아차리지 못했거나 나를 배려해서 오빠가 자신의 감정을 꽤 잘 숨겼는지도 몰랐다. 아니면 오빠가 모든 것을 내려놓았기 때문에 내가 느끼지 못한 것일지도...

"아마 당분간 민오 오빠가 나에게 연락하거나 찾아오는 일은 없을 것 같아. 어쩌면 앞으로 영원히 없을지도 모르고."

"넌 어떤데? 오빠랑 영원히 연락하고 지내지 않아도 괜찮아?"

"나? 나는 오빠와 잘 지내고 싶은 마음이지... 오빠가 나를 더 이상 찾지 않는다면 서운할 거야. 그리고 오빠와 함께한 시간들이 그립겠지. 그래도 어쩌겠어. 이제 다 지난 일인 걸."

연주가 그동안 오빠에 대해 말하던 그 어느 때보다, 지금이 편안한 표정이었기 때문에, 연주가 걱정스럽지 않았고 오히려 다행이라는 생각이 들었다. 하지만 한편으론 연주도 아팠을 지난 시간을 견뎌내느라 힘들었을 텐데, 그 시간을 함께해 주지 못해 미안한 마음이 들었다.

아무런 화면도 띄워져 있지 않은 노트북을 말없이 바라보고 있는 연주를 보면서, 연주가 오빠에게 그렇게 말한 이유가 무엇이었을까 생각해 보았다. 그동안 많이 지쳐서 그만두겠다는 생각을 했을 수도 있고, 지원 언니가 전시회에 방문했을 때 자신만만하고 당당한 언니 모습에 또다시 자신이 초라해 보였는지도 모른다. 아니면 지원 언니를 떠나지 못하면서 자신의 주위를 맴도는 오빠가 미웠을지도. 하지만 연주에게 그 이유는 물어보지 않기로 했다.

"왜 그런 결정을 내렸는지는 묻지 않을게."

연주는 의아한 듯 눈을 동그랗게 뜨고 나를 바라봤다.

"치, 왜 묻지 않는데? 물어봐 주면 안 돼?"

"안 물어볼 거야. 연주 네 말대로 이제 다 지난 일인 걸."

"그래... 고마워. 묻지 않아서... 그리고 항상 내 곁에 있어 줘서..."

"나도 고마워. 네가 있어서..."

내 말이 끝나자마자 우리는 서로의 얼굴을 보며 밝게 웃었다. 그 웃음의 의미는 그동안 고생했다는 서로에 대한 위로일지도, 지난 일들은 모두 훌훌 털어 버리고 앞으로의 일들을 슬기롭게 헤쳐 나가자는 격려일지도, 우리 모두 행복하지는 바람일지도 몰랐다.

앞으로의 우리를 위해서

우리의 뜨거웠던 여름이 지나가고 어느덧 가을이 왔다. 반쯤 열어 둔 차창 사이로 제법 쌀쌀한 바람이 불었다. 바뀐 신호를 보고 횡단보도 앞에 차를 세우자, 많은 사람들이 눈앞을 지나간다. 창밖으로 고개를 돌리자 거리의 풍경이 눈에 들어왔다. 지난여름 초록을 뽐내던 나무의 무성한 잎들이 이제 점차 노랗고 붉은색으로 변해가고 있었다.

매일 지나는 출근 길이 오늘따라 조금 낯설게 느껴지는 건 계절의 변화와 함께 달라진 거리의 풍경 때문인지도, 새로운 출발을 준비하는 설레는 내 마음 때문인지도 모른다.

오빠는 오래전 바람대로 개발팀으로 발령이 났고 새로운 업무에 적응하느라 바쁜 나날들을 보내고 있다. 매일 늦은 시간까지 일하면서도 피곤한 기색 없이, 항상 즐거운 표정이라 그 모습을 조용히 바라보고만 있다. 사실 요즘 얼굴 보기도 싫지 않아서 제대로 된 대화를 나눈 적은 없지만, 지금 오빠의 삶은 매우 안정돼 있는 느낌이다. 어쩌면 지금의 오빠에게는 바쁜 삶이 꼭 필요한 것인지도 모르겠다.

어느새 사무실 주차장에 도착해 차를 세워두고 건물 입구에 도착했다. 엘리베이터 앞에서 파도소리가 적혀있는 안내 표지판을 바라보고 있다가, 때마침 문이 열리는 것을 보고 엘리베이터 안으로 발걸음을 옮겼다. 그리고 다시 파도소리가 적혀있는 단추를 눌렀다. 잠시 후 엘리베이터 문이 열렸고 나는 사무실 안으로 들어갔다.

"민아야, 안녕. 오늘은 조금 늦었네?!"

"안녕하세요, 언니! 그래요?! 그래도 지각은 아니

죠? 출근길에 나무들이 어느새 노랗고 붉게 변해 있잖아요. 그래서 주위를 둘러보느라 천천히 와서 그런가 봐요 히히."

"그래, 조금만 더 있으면 예쁜 단풍을 볼 수 있겠던데? 이제 날씨도 제법 쌀쌀해졌고, 그래서 그런지 요즘 내 마음도 조금 쓸쓸해."

"어머, 언니! 가을 타나 봐요?"

"치, 이제 민아 너를 자주 못 볼 생각을 하니까 쓸쓸한 거야...!"

"언니... 또 왜 그래요?! 나 파도소리에 자주 올 거고 앞으로도 계속 같이 일하게 될 거라고 했잖아요!"

"그래... 알지. 그래도 조금 서운한 건 어쩔 수 없다구."

"참... 언니두..."

작가님과의 에세이 작업이 모두 끝나고 평범한 일상으로 돌아온 후, 다시 독립 서적들의 서평과 독립 작가들의 인터뷰를 준비하고 있던 어느 날, 대표님이 나를 찾으셨다. 대표님은 나에게 할 말이 있으실 때마다 항상 내가 있는 사무실로 나오시곤 했는데, 그날은 나를 대표실로 부르셔서 조금 의아하기도 했고, 또 평소와 다른 대표님의 모습 때문에 살짝 긴장하기도 했었다.

대표실에 들어가면서 나는 내가 이곳에 들어온 적이 거의 없었구나,라고 생각했다. 대표실 안은 깨끗하게 정리 정돈이 되어있었고, 꼭 필요한 물건들만 그것들이 있어야 할 위치에 정확히 놓여있는 것 같은 느낌이었다.

"대표님, 생각보다 깔끔한 성격이신가 봐요?"

"네? 아 네. 제가 좀 그래요. 항상 주변이 정리돼 있어야 하고, 불필요한 물건들을 들여놓는 걸 무척 싫어하거든요. 아니, 그런데... 생각보다 라면, 평소에 나를 어떻게 생각했다는 말인가요?"

"네? 아니 워낙 털털하신 대표님이시라, 이렇게 깔끔한 성격이실 줄은 몰랐단 뜻이에요. 나쁜 뜻은 아닙니다. 하하."

"털털한 성격이 아니라, 매사에 덤벙대고 제멋대로

인 성격에 비해서 주변 정리를 잘한다는 거 아니에요? 맞죠?"

"아, 아니에요! 대표님. 오해는 말아주세요. 그런 뜻은 절대 아니었습니다. 제 입이 방정이었네요."

"그나저나 요즘 어때요? 일은 할 만한가요?"

"일이요? 뭐 항상 하던 일이라 힘든 점은 없어요. 좀 새로운 기획을 해보려고 하는데 당장은 떠오르는 게 없어서 조금 고민이긴 해요."

"음... 그렇군요. 새로운 기획도 좋긴 한데... 사실 오늘 민아 씨에게 내가 제안 하나를 하려고 합니다."

"제안이요...?"

대표님이 나에게 제안한 것은 나로서는 조금 의외이긴 했지만, 대표님이 나를 진심으로 아끼는 마음으로 말씀해 주신 것이기에 정말 감사한 것이었다. 그것은 바로 내가 1인 출판사를 설립해서 독립하는 게 어떻겠냐는 것이었다.

대표님은 내가 파도소리라는 틀에 갇히지 않고 자유롭게 새로운 기획을 하기를 원하셨다. 대신 파도소리와의 협업 관계는 계속 이어가자고 하셨는데, 그 협업관계란 내가 1인 출판사를 운영해 나가는 데 있어서 파도소리가 지원을 아끼지 않겠다는 약속과 다름없었다. 이를테면 내가 책을 출간하는 데 있어 지희 언니의 디자인팀의 지원을 계속해서 받을 수 있다는 것과 같은.

대표님의 그 말씀을 듣고 나는 이렇다 할 고민없이 대표님의 제안을 받아들였다. 사실 내게는 손해 볼 것이 없는 일이었기 때문이다. 또 파도소리를 떠나게 돼 대표님께 죄송하거나 과분한 배려에 부담스러운 마음도 들지 않았다. 평소 대표님이 나를 아끼고 배려해주시는 그 마음이 이번 제안에 그대로 녹아 있었기 때문에 그저 감사할 따름이었다. 대신 대표님의 기대만큼, 아니 그 이상 나의 출판사를 잘 이끌어 나가겠다고 스스로 다짐했다.

모르는 누군가가 대표님과 나의 대화를 지켜보았다면 나의 태도가 마치 독립하기를 간절히 바랐던 사람 같아 보일지도 모르겠다는 생각이 들었지만, 제안을 한 대표님이나 제안을 받아들인 나 모두 앞으로 달라질 관계 속에서 우리가 어떻게 더 좋은 책을 기획하고 더 좋은 책을 독자들에게 선보일 수 있을지에 대한 기대로 조금 들뜬 기분이었다.

대표님과의 면담이 끝나고 1인 출판사로 독립할 것이라고 처음 지희 언니에게 말했을 때, 언니는 그 자리에서 마치 오열할 것만 같은 슬픈 표정을 지어 보였다. 지희 언니에게 오해하지 말라며 자초지종을 설명하려고 했지만, 언니의 그 표정이 재밌어서 나는 그 자리에서 큰 웃음을 터뜨리고 말았고, 언니는 내 모습에 어안이 벙벙해 울지도 못하고 웃지도 못한 채 나를 멍하니 바라봤었다.

언니는 사정을 알게 된 후에도 예전처럼 자주 볼 수 없고, 함께 붙어 다니지도 못하게 됐다고 섭섭해 했지만, 나의 새로운 도전을 진심으로 응원해 주었다.

1인 출판사이긴 하지만 명색이 새 출판사를 창업하는 것이기에, 나는 파도소리에서 짐을 모두 빼기로 했다. 당장 사무실을 구할 형편은 못 되었기에 짐은 임

시로 집에 보관하기로 했고, 당분간은 좀 쉬면서 새 출판사의 이름을 정하고 천천히 새 사무실을 구하기로 했다. 그리고 나서 첫 번째로 어떤 책을 내놓을지 기획하기로 했다.

그동안 사무실의 짐들을 조금씩 옮겨 놓은 상태라, 나머지 짐들을 박스에 담고 정리하는 일은 그다지 오래 걸리지 않았다. 매일 조금씩 짐을 정리하는 모습을 분명 봐왔을 텐데, 지희 언니는 오늘따라 내 모습을 넋 놓고 바라보았다. 아무래도 오늘이 마지막 날이라는 생각 때문에, 언니의 마음이 조금 복잡할 수 있겠다는 생각이 들어, 조금 부담스러운 언니의 시선을 애써 외면한 채로 조용히 나머지 짐들을 정리했다. 이제 주차장으로 내려가 짐을 싣고 집으로 출발하면 된다.

"언니, 대표님은요?"

"글쎄, 오늘도 늦으시네. 외부 일정이 있으시겠지. 매일 바쁘시니까..."

"그래요? 대표님이 또 전 작가님 같은 유명한 작가

님 섭외하시는 건 아니겠죠?"

"그럼 좋지. 좀 바쁘긴 하겠지만."

웃으며 답하는 지희 언니는 갑자기 뾰로통한 표정을 지으며 말한다.

"대표님이 외부 활동을 열심히 하시는 건, 다 회사를 위한 거니까 이해는 하는데... 제발 어디 가는지, 뭘 하는지 좀 귀띔이라도 해주면 좋겠어. 전성현 작가님 때처럼 사람 놀라게 하지 말고 말이야."

지희 언니의 말이 재밌어 나는 한껏 웃음을 터뜨리고 말았다.

"그러게요. 하지만 대표님이 달라지진 않을 것 같네요...? 히히, 아무튼 대표님께는 미리 인사드렸으니까, 저는 이제 그만 갈게요."

"그래 민아야. 혼자 회사 꾸리려면 어려운 점이 한두 가지가 아닐 텐데, 힘든 일 있으면 꼭 내게 연락해. 그리로 돌아오고 싶으면 언제든지 얘기하구. 언제든 환영이야."

"알았어요, 언니. 자주 연락할게요. 그리고 고마워요."

지희 언니와 마지막 인사를 하고 파도소리가 있는 건물을 빠져나왔다. 연주가 기억하고 나에게 말해주었던, 설레는 기분으로 첫 출근을 하던 그때가 생각났다. 어느덧 3년이라는 시간이 흘렀고, 그동안 지희 언니에게 많은 것을 배울 수 있었고 덕분에 많은 성장을 이뤄냈다.

그리고 항상 나를 지켜보고 내 생각을 잘 이해해 주셨으며, 내 능력을 정확히 평가해 주셨던 대표님 덕분에, 나는 출판기획자로서, 또 한 사람으로서 더 성숙해졌고 스스로 아픔을 극복해 낼 수 있을 정도로 단단해졌다.

오늘 대표님을 봤다면 아이처럼 눈물을 펑펑 쏟았을 것이다. 어쩌면 그걸 알기에 대표님은 일부러 자리를 비웠을 지도 모른다.

사무실에서 가져온 짐들을 모두 트렁크에 싣고 운전석에 앉았다. 집으로 향해야 했지만, 아무도 없는 집에 혼자 있고 싶지 않아서 연주에게 전화를 했다. 작업실에 가면 연주를 만날 수 있다. 언제나 그렇듯 나는 연주에 기댈 것이고 연주는 나를 따뜻하게 맞이해줄 것이다. 그리로 그렇게 따뜻한 연주에게도 작별을 고해야 할 시간이 다가오고 있었다.

"연주야, 나 왔어."

"…"

작업실에 도착해서 연주를 불렀지만 대답이 없었다. 나는 소파에 앉아서 연주를 기다렸다.

'이 소파도 곧 이별이겠구나…'

늘 이 소파에 기대앉아 노트북이 놓여있는 테이블을 바라보며 연주와 얘기를 나누었다. 연주는 테이블 의자에 앉아 내 얼굴과 노트북을 번갈아 보면서 나와 얘기하곤 했는데 나는 그 모습이 참 연주다운 모습이라고 생각했다. 연주는 노트북 앞에서 작업을 할 때뿐 아니라 나와 얘기를 나누거나 커피를 마실 때조차 작가의 모습을 하고 있었고, 작업실 테이블 의자에 앉아 노트북을 바라보고 있을 때 가장 편안해 보였다.

소파에 앉아서 생각에 잠겨 있을 때, 창고인지 서재

인지 모를 작은방 안에서 우당탕탕 소리가 났고, 곧이어 품 안에 한가득 책을 안고 있는 연주의 모습이 나타났다.

"민아 왔네? 언제 온 거야? 들어오는 소리 못 들었는데..."

"방금 왔어. 뭐 하는데 이렇게 소란이야? 그 책들은 다 뭐구?"

"아, 이거? 그동안 이 작업실에서 읽은 책들이야. 내가 산 것도 있고, 작가님들이나 출판사에서 보내주신 책들도 있어. 졸업하고 이 곳에서만 3년을 있었더니, 책들이 제법 쌓였더라구. 이제 여기도 정리를 해야 하니까..."

연주는 지난번 출판과 전시회 이후로 앞으로의 작업 방향에 대해 깊은 고민에 들어갔다. 연주 스스로 자기가 잘할 수 있는 것과 하고 싶은 것이 무엇인지를 다시 한번 생각해 보겠다며 오랫동안 혼자만의 시간을 보냈다. 그러다 작업 방식뿐만 아니라 삶에 변화를 주고 싶다며 새로운 곳으로 떠나기로 결심했다.

그곳은 연주가 그토록 동경하던 곳. 헤밍웨이가 '젊은 시절 한때를 보낼 수 있는 행운이 따라 준다면, 움직이는 축제처럼 평생 곁에 머물 것'이라고 했던, 디킨스가 '세계에서 가장 특별한 곳'이라고 했던 바로 그곳, 파리였다.

연주는 언제나 꿈을 꾸고 그 꿈을 하나씩 이뤄가는 삶을 살고 있다. 그러면서도 배려심이 많고 어른스러워서 내가 항상 의지하게 된다. 나는 그런 연주가 부러우면서도 고마운 마음이 들곤 하는데, 그런 연주에게 파리는 딱 어울리는 곳이다.

"여행 준비는 잘 되어 가?"

"여행? 뭐 그럭저럭. 작업실만 대충 정리해 놓고 바로 떠날 거라서, 사실 별로 준비라고 할 것도 없어."

"그래...? 그럼 언제 돌아올 건데?"

"글쎄, 계획하고 떠나는 게 아니라... 사실 아는 작가님 통해서 파리에 작업실도 구해 뒀거든. 뭐 말이 작업실이지 사실 작은 단칸방이야. 원체 임대료가 비싸서..."

"그래도 대단해. 그렇게 떠날 수 있다는 게."

"민아 너도 다시 일 시작하기 전에 한번 놀러 와."

"그래, 그러면 좋겠다."

작업실을 정리하고 여행을 준비하는 연주의 말투는 조금 들떠 있었고 표정은 어린아이처럼 밝았기 때문에, 그런 연주를 나는 흐뭇하게 바라볼 수밖에 없었다.

"민아야, 사실 전시회 때 전성현 작가가 왔었어."

"작가님이?!"

잊고 있던 작가님의 이름을 듣는 순간 당황한 나는 얼굴에 열기가 올랐다. 틀림없이 내 양 볼은 붉게 물들었을 것이다. 당황한 내 표정을 연주가 보았을 거라, 조금 민망한 나는 연주를 바라보지 못하고 말을 이었다.

"작가님과 서로 아는 사이였어?"

"아니... 지나가다 한두 번 마주쳤을 때 가볍게 인사 정도만 나누는 사이였어. 사실 전성현 작가가 내 전시회에 나타났을 때 내가 다 당황했다니까. 전성현 작가야 워낙 유명한 사람이라 내가 모를 리 없지만, 그분이 나에 대해 잘 알 리가 없는 데다 전시회까지 찾아 올 리는 없다고 생각했으니까.”

“그런데 어떻게 전시회에 오시게 된 거래?”

“그게... 네가 기억할지 모르겠는데, 전 작가와의 인터뷰 때 민아 네가 대학시절 천문동아리 활동을 했다는 얘기를 한 적이 있었대... 그때 연주라는 친구가 있다는 얘기를 했고, 그 친구가 작가라는 말을 했었다고 하면서, 자신이 알고 있는 강연주 작가가 민아 네 친구가 아닐까 생각해서 찾아왔다고 하더라구.”

“그런 이유로 연주 네 전시회에 갔던 거라고?!”

“응, 나와 인사를 나누자마자 ‘혹시 서민아 씨와 친구 사이인가요?’라고 물어봤다니까.”

작가님은 알고 지내던 강연주 작가가 어떻게 내 친구라는 생각을 한 건지, 친구가 아니었으면 어쩌려고 대뜸 연주에게 그런 질문을 한 것인지, 도무지 알 수가 없었다. 가끔 엉뚱한 면이 있다고는 생각했지만, 평소 섬세하고 신중한 작가님과는 다른 모습에 나도 모르게 피식 웃음이 났다.

"그래서 넌 뭐라고 했는데?"

웃음 띤 얼굴로 묻는 내 얼굴을 보며 연주는 당황했던 그때 기분이 되살아 났는지 황당한 표정을 지으며 말했다.

"맞아요. 그런데 그걸 물어보려 여기 오셨나요? 제 전시회에?!라고 말했어..."

"푸하핫, 아무리 당황해도 그렇지 정말 그렇게 말했어? 작가님 무안하셨겠네..."

"아니, 좀 그렇잖아. 잘 알지도 못하는 사이에 만나자마자 친구가 맞냐는 질문부터 하다니... 물론 그 후에 웃으면서 장난이었다고 말씀드렸어. 그때 전성현 작가의 얼굴도 빨개졌었어. 항상 자신만만하고 여유 있는 모습만 봐 왔었는데, 그 모습은 정말 의외였어. 조금 인간적으로 느껴지기도 하더라."

연주을 말을 듣고 있으니 우리가 함께했던 시간들이 떠올라 가슴이 조금 떨렸고, 눈에는 눈물이 핑 돌았다. 내게 그 시간들은 다시 돌아갈 수 없는 아름다운 추억과 다름없었다.

"작가님은 네 작품들을 처음 보셨을 텐데, 뭐라고 말씀하셨어?"

"내 작품? 글쎄, 뭐라고 했는지 기억도 안 나. 특별히 인상 깊게 보신 거 같지 않았어. 특별한 말씀도 없으셨고... 그냥 천천히 그림들을 둘러보시고 내 책들도 잘 읽었다고 말씀해 주셨어."

"그래? 작가님은 감정이 아주 풍부한 분이라 네 작품을 보고 많은 얘기를 해 주셨을 줄 알았는데..."

내 얘기에 연주가 엷은 미소를 지으며 말했다.

"맞아, 전성현 작가... 분명 감정이 아주 풍부한 분이었어."

"뭐야?! 좀 전엔 특별한 말씀 없으셨다며?!"

"물론 내 작품에 대해 특별한 언급을 하지 않았지만, 전성현 작가는 내 전시회에 와서 많은 얘기를 했어..."

연주의 다음 말을 기다리면서 연주의 얼굴을 바라봤다. 작가님이 어떤 얘기를 했는지를 물어보고 싶었지만, 그러지 않았다. 작가님의 말이 궁금하기도 했지만 한편으론 모르는 게 나을지도 모른다는 생각이 들었기 때문이다. 하지만 이어지는 연주의 말에 나는 또다시 왈칵 눈물을 쏟을 뻔했다.

"전성현 작가는 민아 너랑 함께 인터뷰하던 때가 자꾸 생각이 난대. 대단히 기억에 남을 만한 일도, 특별한 추억이 있었던 것도 아닌데, 같은 공간에 함께 머물면서 대화하고 서로 교감했던 모든 순간이 그립다고 했어. 민아 너와의 만남에 끝이 있다는 것을 처음부터 알았으면서 그 순간순간이 마치 영원할 것 같은 기분이었다고 했어. 그때로 돌아갈 수도, 돌아갈 용기도 없지만, 살면서 그때의 추억을 떠올릴 수 있다는 게 고맙기도 하고, 가끔은 그런 기억을 안고 살아간다는 게 버겁기도 하다면서..."

작가님는 연주의 그림을 바라보면서 차분한 목소리로 자신의 감정을 얘기했다고 했다. 그 얘기는 연주에게 무척 솔직하게 들렸고, 그분의 감정을 충분히 이해할 수 있었던 연주는 작가님의 말을 조용히 들어주었단다. 그리고 마지막에 작가님은 자신의 얘기를 들어줘서 고맙다며 나의 안부를 물었다고 했다.

작가님의 말처럼 우리는 기억에 남을 만한 특별한 추억이 있는 것은 아니었다. 하지만 우리의 시간을 잊을 수 없는 건 함께 했던 시간 속에서 오롯이 서로의 감정을 나누었기 때문일 것이고, 다시 그때로 돌아갈 수 없기 때문일 것이다.

"작가님... 잘 지내시는 거지?"

애써 감정을 추스른 나는 작가님의 안부를 물었다. 작가님은 잘 지내고 있을 것이다. 작가님은 감정이 풍부한 사람이지만, 동시에 이성적인 사람이기에 자신이 있어야 할 곳을 분명히 알고 있을 것이기 때문이다.

"전성현 작가는 잘 지내는 것 같았어. 준비해 오던 새 소설도 곧 출간된다고 하더라."

"그래? 다행이네. 작가님 다음 소설 정말 기대된다."

작가님의 새 소설이 출간될 거라는 말을 듣자마자 설레는 기분이 된 내가 미소를 띤 채 연주를 바라보며 답하자, 연주도 씽긋 웃어 보였다.

작가님은 이번에도 틀림없이 작가님을 사랑하는

많은 사람들의 기대에 부응하는 멋진 작품을 내놓을 것이다. 만약에 많은 사람들이 갑자기 작가님에게서 등을 돌린다고 하더라도, 나에게 만큼은 작가님과 작가님의 작품이 언제나 최고일 것이다.

마치 행운처럼 작가님과 가까이 지냈던 시간들이 있었지만, 작가님과 나는 서로 적당한 거리가 필요하다는 것을 잘 알고 있었다. 나는 멀리서 작가님을 응원할 것이고 작가님도 나를 응원해 줄 것이라 믿는다. 작가님이 연주를 통해 안부를 물어왔듯이, 나 또한 작가님의 작품을 읽으면서 작가님의 안부를 물을 것이다.

누군가를 정말로 사랑하게 되면 나도 모르게 삶의 균형이 흐트러지고, 균형을 잃지 않으려 스스로 애태우게 된다. 나는 다시 그렇게 힘든 시간 속에 빠져들지 않기 위해, 다시는 작가님에게 연락하지 않을 것이다. 나로서 오롯이 똑바로 앞으로 걸어 나갈 것이다.

연주와 이런저런 수다를 떨고 간단한 식사를 마친 후, 작업실을 나왔다. 얼마 뒤면 떠나게 될 연주가 나를 배웅해 주었고, 작업실 앞 주차장에서 마지막 인사를 했다.

"언젠가 네가 한국으로 돌아와서 새 책을 출간하게 될 때, 내가 네 책을 출간할 수 있다면 좋겠어. 그동안 내 출판사를 많은 독자들에게 사랑받는 곳으로 키워 놓을 거야. 연주 네 책을 출간하는데 부끄럼이 없도록."

"그래, 기대할게 민아야. 언제가 될지 몰라도 다시 돌아오게 되면, 그때 내 원고를 너에게 선물할게."

연주의 대답에 웃음으로 답한 나는 차 안에 몸을 실었고 시야에서 점점 멀어지는 연주가 나에게 장난스럽게 두 팔을 크게 흔드는 모습을 지켜보면서 조용히 혼잣말을 했다.

'잘 지내, 강연주.'

나는 작가님처럼 유명한 베스트셀러 작가도, 연주처럼 여러 가지 재능을 타고난 사람도 아니다. 나는 내가 하는 일에서 많은 시행착오를 겪고, 좌충우돌하면서 조금씩 앞으로 나아가는, 그런 평범한 사람이다.

하지만 나는 누가 뭐래도 기죽지 않고 씩씩하게 앞으로 나아갈 것이다. 내게는 내가 사랑하고 나를 사랑해 주는 고마운 사람들이 있으니까. 그리고 무엇보다 나는 스스로 아픔을 이겨낼 수 있고, 자신을 격려할 줄 아는 강한 사람이니까. 바로 나, 서민아이니까.

작가의 말

민오, 민아, 연주, 지원, 성현.

'민오, 민아'는 이 다섯 남녀의 꿈과 사랑에 관한 이야기입니다. 이 이야기는 누군가에게는 현재 겪고 있는 아픔일 수도 있고, 다른 누군가에게는 한 번쯤 겪었을 아련한 기억일 수도 있습니다. 그런 의미에서 이 이야기는 현실이기도 하면서, 지난 추억을 되돌아보게 하는 어른들의 판타지와 같다고 할 수 있겠습니다.

우리는 꿈과 사랑을 이루는 과정에서 많은 아픔을 겪게 됩니다. 그 속에서 우리가 반드시 지켜야 할 것은 스스로에게 솔직해야 한다는 것입니다. 스스로 자기 내면의 이야기를 듣고 어떤 두려움도 없이 앞으로 나아가는 것. 그래야만 먼 훗날 지금을 되돌아보았을 때, 후회를 남기지 않을 것이라고 생각합니다.

사람과의 관계에서도 마찬가지입니다. 우리는 살면서 많은 사람과 만나고 헤어집니다. 먼 사이였던 누군가와 갑작스럽게 가까워질 때도 있고, 반대로 가까웠던 누군가와 멀어지기도 합니다. 그것은 마치 물이 높은 곳에서 낮은 곳으로 흘러내리듯 자연스러운 일일 것입니다. 결코 거스를 수 없는 것이죠. 다만 그 속에서 우리가 지켜야 할 것 역시 상대방에 대해, 그리고 나 스스로에 대해 솔직해야 한다는 것입니다. 나의 감정을 있는 그대로 받아들이고 상대방을 솔직하게 대할 수 있다면, 설령 그 관계가 최악으로 치닫게 되더라도 뒤돌아 서서 후회하는 일은 없을 것이라고 생각합니다.

[책들의 부엌]에서 김지혜 작가는 '글을 쓰고 싶어서가 아니라 글을 써야만 했다'라고 했습니다. 또 수많은 위대한 작품을 남긴 작가 요시모토 바나나는

'극복과 성장에 대해 얘기하고 싶어 소설을 썼고, 그에 대해 더 이상 얘기하고 싶지 않을 때까지 소설을 쓰겠다'라고 했습니다. 저 역시도 글을 써야만 했고 글을 쓰면서 위로를 얻었고 스스로를 치유했던 것 같습니다. 그리고 앞으로 더 이상 글을 쓰지 않아도 되는 순간이 올 때까지 글을 써보려고 합니다.

[지구 안에서 사는 즐거움]에서 송세아 작가는 '오랜 시간 무언갈 애틋하게 여겨본 적이 있거나, 아끼던 것을 잃어 본 적이 있는 사람들은 대체로 글쓰기를 좋아한다'라고 했는데, 어쩌면 제가 그런지도 모르겠습니다.

그리고 제가 그랬던 것처럼, 이 책이 누군가에게 위로가 되고 다시 일어설 수 있는 힘이 될 수 있다면 정말 좋겠습니다.

깊어 가는 2023년의 가을, 그 한가운데에서.

권오성

민오, 민아

2024년 1월 08일 발행
2024년 1월 08일 인쇄

지은이　권오성

디자인　포레스트 웨일
펴낸이　포레스트 웨일
펴낸곳　포레스트 웨일
출판등록　제2021 - 000014 호
주소　충남 아산시 아산로 103-17
전자우편　forestwhalepublish@naver.com

종이책　979-11-92473-87-1